IL SOLDATO

UN ROMANZO DI BRATVA

RENEE ROSE

Traduzione di
EMA FERRARI

RENEE ROSE ROMANCE

 Creato con Vellum

IL SOLDATO

Chicago Bratva, Libro 4

DOVREI RINUNCIARE A LEI, LASCIARLA LIBERA.

L'esercito russo mi ha reso un assassino, ma la fratellanza mi ha reso quello che sono.

Spietato. Mortale. Irredimibile.

Ecco perché Kayla dovrebbe stare alla larga.

L'innocente, giovane attrice ha un futuro luminoso davanti a sé,

a patto che qualcuno non la distrugga prima. Qualcuno come me.

Ogni fine settimana, si dona a me completamente.

Senza discutere. Senza esitazione.

Lei è sottomessa al mio comando.

In cambio, io le do ciò che brama: dolore e piacere.

Ma è una fantasia che non potrà mai diventare realtà.

Stiamo giocando con il fuoco,

ma non riesco a lasciarla andare...

Cari lettori,

ho scritto per la prima volta la storia di Kayla e Pavel come racconto breve per l'antologia di San Valentino *Black Light: ritorno alla Roulette*. Gli ho dato un lieto fine e ho concluso con loro, o almeno così pensavo. Ma continuavano a parlarmi. Volevano un libro completo, quindi eccolo qui. È un po' diverso dagli altri della serie, dato che i due già si trovavano in una relazione dominatore-sottomessa consolidata e non stavo giocando col mio elemento preferito: il dubbio consenso. Il loro dramma ribolle sotto la superficie e va più in profondità. Spero che vi piaccia tanto quanto a me! Nel caso in cui non l'aveste letto (non è necessario, è solo divertente!), ecco un assaggio tratto da "Posseduta".

Pavel mi prese il gomito in modo autorevole e mi portò via dal palco per sistemarsi accanto alla prima coppia mentre aspettavamo che il resto delle accoppiate fossero fatte. Mi piazzai in modo da essere di fronte a lui, ribaltando la testa all'indietro per lanciargli di nuovo quello sguardo di sfida.

Chiuse immediatamente le dita intorno alla mia gola e strinse — non abbastanza da fermarmi il respiro ma quasi. «Non saresti dovuta venire, stasera, fiorellino.» Strinse di più le dita per una frazione di secondo, poi allentò la presa.

«Pensavo che il punto fosse proprio venire.»

E così mi guadagnai un sorriso vero — malvagio e selvaggio. Avevo ragione: accoglieva con favore le risposte insolenti.

«Net. Non saresti dovuta venire. Qualcuno sta per schiacciarci i petali, fiorellino.» Trovavo il suo accento sexy. Sembrava il cattivo di un film di spionaggio, e io mi innamoravo sempre del cattivo.

«Quel qualcuno saresti tu?» chiesi; la voce mi uscì più roca di quanto mi aspettassi.

Mi rilasciò il collo e distolse lo sguardo, come non fossi stata degna di una risposta o della sua continua attenzione.

*Okaaaaay. Forse faceva tutto parte del gioco mentale del domina-
tore. Stava cercando di sbilanciarmi. O forse non gli piacevo sul serio.*

Solo che poi lo sentii borbottare: «Ti farai male.»

*Spinsi fuori le tette, anche se lui stava ancora guardando altrove.
«Sono qui proprio per questo.»*

—da "*Posseduta*" di *Black Light: ritorno alla Roulette*

OTTIENI IL TUO LIBRO GRATIS!

Iscrivetevi alla newsletter di Renee per ricevere Indomita, scene bonus gratuite e notifiche riguardo a nuove pubblicazioni!

https://subscribepage.com/reneeroseit

1

Pavel

Avvolsi le dita tatuate sotto la mascella dello sfaticato e tracciai il profilo della sua gola con la lama del coltello. «Non fare scommesse che non puoi pagare» gli dissi. Avevo affilato la lama prima di arrivare, quindi il tocco leggero gli tagliò la pelle e gli fece scendere un rivolo di sangue lungo il collo grasso. Bastava a spaventarlo, se era uno schizzinoso.

Non eravamo lì per mutilarlo però, ma solo per farlo cagare sotto.

Nikolaj, il nostro bookmaker, era vicino, con le braccia conserte sul petto in chiaro segno di disapprovazione.

Accanto a lui Oleg, l'enorme e silenzioso sicario, si scrocchiava le nocche tatuate. Aveva già pestato quello stronzo piuttosto bene. Il tizio sarebbe stato livido e gonfio per un paio di settimane, di sicuro. Ecco quello che succedeva a rompere alla bratva di Chicago.

«Ti prego. Vi darò i soldi. Lo giuro.» Stava piagnucolando. Non ci era voluto molto per piegarlo, ma comunque più del tempo che avrei voluto sprecarne con lui.

Non che il mio lavoro fosse una perdita di tempo.

Ero dannatamente fortunato a far parte della cellula bratva di Ravil. Solo che avevo un'altra da torturare dopo quello lì. Una persona molto più deliziosa e volenterosa. Ma sfortunatamente viveva in un'altra città, il che significava che avevo un volo da prendere. Incrociai lo sguardo di Nikolaj, e lui fece spallucce, lasciando la decisione a me.

Pulii la lama del coltello sulla camicia del *mudak*.

«Hai due settimane. Se non paghi prenderemo tutto ciò che ami. È chiaro?»

«Ho capito» gemette. «Ti porterò i soldi. Lo prometto.»

«*Avevi* i soldi» gli ricordai. «E invece di portarceli, li hai usati per piazzare una nuova scommessa con i Tacone.»

Il tizio piegò la testa. «Lo so» gemette.

«Quindi ti avverto: dobbiamo essere pagati per primi.»

«Lo farò, vi pagherò per primi. Lo prometto.»

«Non credere che sarai di nuovo il benvenuto al mio tavolo» disse Nikolaj. Quando i giocatori sceglievano di sedersi con gli italiani invece che con noi, lui la prendeva sul personale. I Tacone non erano nostri nemici; avevamo il tacito accordo di attenerci alle rispettive specialità, nella criminalità organizzata della città. Il che significava che le giocate di poker non dovevano sovrapporsi.

Alzai il mento verso Oleg, che diede un ultimo colpo sul viso del ragazzo come promemoria, e poi tagliai le corde che lo legavano alla sedia. Fece per scattare, ma io gli puntai la lama del coltello al bulbo oculare sinistro e si bloccò. «Siediti. Conta fino a quattrocento. Poi puoi andartene.»

«Quattrocento. Ho capito. Quattrocento» balbettò il ragazzo.

Presi la giacca e la sollevai mentre lasciavamo il magazzino abbandonato scelto per la piccola sessione di tortura. La ghiaia ci scricchiolò sotto i piedi mentre ci dirigevamo al SUV di Oleg.

«Non all'altezza della tua solita qualità» osservò Nikolaj. «Stai perdendo il gusto per la tortura?»

«No.» Non gli dissi che i miei gusti erano appena cambiati. Avevo trovato uno sbocco molto più sano per i miei impulsi sadici. Non glielo dissi, ma probabilmente lo sapeva già. Vivevo tutto il tempo con quei ragazzi. Era piuttosto difficile mantenere segreti, anche se avevamo appena scoperto che Oleg ce ne aveva nascosto uno enorme sul suo passato.

«Davvero, amico. Sono quasi dovuto intervenire per tirargli io stesso un paio di pugni.»

Nikolaj mi stava ancora rompendo i coglioni. Guardai Oleg, che ultimamente comunicava di più, e lui fece spallucce e mostrò il pugno, che nel linguaggio dei segni voleva dire *sì*.

«Da pošël ty.» Li mandai a quel paese. Salimmo sull'auto di Oleg, e lui avviò il motore per riportarci indietro.

«Ravil ti sostituirà, se non inizi a fare la tua parte.» Nikolaj lo disse con leggerezza, ma la sensazione di punture sulla nuca mi disse di prestare attenzione. Non capivo bene se stava solo cercando di ottenere una reazione o se era serio. Ravil era il nostro *pachan*, il capo della bratva di Chicago. L'idea che fosse insoddisfatto dei miei servizi mi metteva in difficoltà. Ero fortunatissimo ad avere quella posizione, ed ero ambizioso. Speravo di consolidare il mio ruolo per tutto il tempo in cui sarei rimasto lì. Così, una volta tornato a Mosca, speravo di migliorare la mia posizione nell'organizzazione sul posto.

«Di che cazzo stai parlando?» scattai.

Nikolaj si girò indietro per guardarmi. «Stamattina ha

accennato al fatto che sei di nuovo in partenza per il fine settimana. Al fatto che non sei stato chiaro con lui.»

Bljad'. Non ero stato chiaro con lui. Ma pensavo che tutti sapessero che sarei andato a Los Angeles per il fine settimana. Ci andavo ogni weekend da San Valentino, quando Ravil mi aveva spedito in un club sadomaso per lavoro ed ero finito a rivendicare la mia piccola schiava. Tuttavia, supporre che tutti lo sapessero non era lo stesso che chiedere il permesso al capo. Avrei dovuto almeno pensarci, ma non eravamo esattamente dipendenti che timbravano li cartellino. Le nostre tipologie di lavoro erano piuttosto libere. Fondamentalmente, facevo qualsiasi cosa Ravil mi dicesse di fare, legale o meno. Ravil mi possedeva, ma io avrei fatto qualsiasi cosa per lui. Mi strofinai una mano sul viso. «Va bene. Grazie per avermelo detto.» Nikolaj poteva sembrare un cazzone, ma sapevo che stava cercando di salvarmi il culo.

«Che progetti hai con questa qui?» mi chiese.

Non risposi. Non erano cazzi suoi.

«Hai intenzione di andare avanti per sempre con questa cosa a distanza?»

«No» dissi cercando di fare il disinvolto.

Come se rompere con Kayla mi sarebbe stato facile. La verità era che non lo sarebbe stato per niente.

Sapevo di essermi comportato da pezzo di merda nell'ultimo mese, reclamandola e considerandola mia. Kayla aveva una vita. Un futuro luminoso. Che sarebbe stato ostacolato anche solo dal venir associata con me. E il tutto senza nemmeno prendere in considerazione il dolore emotivo che le avrei causato. Ogni settimana in cui permettevo alla cosa di andare avanti rendeva più difficile rompere.

Avrei dovuto strappare il cerotto subito, prima che si

legasse di più a me, che mi considerasse il suo padrone, più di quanto non fosse già.

Sì, avrei chiuso quel finesettimana. Non all'arrivo, ma alla fine.

Dopo esserci divertiti. Mi sarei assicurato che avesse i migliori orgasmi della sua vita, e poi l'avrei lasciata con delicatezza.

Colpa della distanza. Oleg parcheggiò nel lotto sotterraneo dell'edificio di Ravil, di fronte al lago Michigan. Tutto il quartiere lo chiamava il Cremlino perché potevano viverci e lavorarci solo russi. Russi e la sua sposa americana. E ora anche la nuova fidanzata di Oleg, Story. Per un breve momento mi balenò il pensiero di chiedere alla mia schiava di trasferirsi a Chicago, di piazzarla al Cremlino in modo da poterla dominare ventiquattr'ore su ventiquattro, sette giorni su sette.

Ma naturalmente non l'avrei mai fatto. Era un'attrice che cercava di emergere a Los Angeles. Convincerla a trasferirsi – e non nemmeno ero sicuro di riuscirci, anche se si dimostrava disposta a sottostare ai miei ordini – avrebbe potuto effettivamente porre fine ai suoi sogni. Ero un egoista del cazzo, certo, ma non uno stronzo così esagerato. Uscii e controllai il telefono. La mia valigia era già chiusa in auto. Se fossi montato in macchina subito e mi fossi fiondato dritto all'aeroporto, sarei arrivato in perfetto orario.

Ma c'era Ravil. L'ultima cosa di cui avevo bisogno era che il capo mi rompesse il culo. Non dopo tanto lavoro per rendermi indispensabile.

Bljad'. Seguii Nikolaj e Oleg fino all'ascensore, che presi per salire all'ultimo piano, dove condividevamo tutti l'attico del capo. Lui si trovava davanti alle gigantesche finestre, che andavano dal pavimento al soffitto e si affacciano sul lago, con in braccio Benjamin, il figlio di cinque mesi. Gli mormorava dolcemente qualcosa in russo.

Non era un buon momento per interromperlo.

Ma non avevo tempo da perdere.

Lo affiancai, sempre tranquillo e guardando il lago.

«Cos'è successo?» Ravil si rivolgeva a noi quasi sempre nella lingua del posto. Quando mi ero trasferito lì dalla Russia per unirmi alla sua cellula, non ne conoscevo una parola. Così fece in modo che imparassimo, vietandoci di parlare il russo finché non fossimo stati fluenti in quella americana.

«Niente. Ce ne siamo occupati noi.»

Mi posò addosso uno sguardo indagatore, ma non disse nulla. Ravil era mite. Di un freddo temperato. Dannatamente intelligente. Non era assolutamente un uomo da sottovalutare né infastidire. Ero fortunato che mi avesse offerto il posto quando avevo dovuto lasciare Mosca. Avevo cercato di imparare tutto quello che potevo da lui, di emulare i suoi modi. In superficie ero sempre un rozzo, ma mi facevo sempre più sofisticato ogni giorno.

Infilai le mani in tasca. Scusarmi, per me, non era facile. Non riuscivo a pensare all'ultima volta che l'avevo fatto, in realtà. Ma dovevo a Ravil assoluto rispetto.

«Avrei dovuto chiederti il permesso di lasciare la città» dissi, con lo sguardo rivolto verso il volto del suo angioletto mentre le palpebre del piccolo si chiudevano.

«Sì» concordò Ravil.

Cazzo. Nikolaj aveva ragione. Gli dovevo un favore enorme, per avermelo detto.

«Scusa.»

«Perdonato.» Lo disse facilmente, pur chiarendo che la trasgressione richiedeva il perdono.

Inspirai, ma senza saper bene come continuare.

Avrei dovuto chiedere un'autorizzazione tardiva? Forse

sì, ma non riuscivo nemmeno a prendere in considerazione la possibilità di non andare. C'era una fetta di paradiso puro in mia attesa in California, di cui avevo intenzione di succhiare tutto il succo prima della rottura.

Stavo per dirgli che quello sarebbe stato l'ultimo viaggio, ma nemmeno quello riuscii a promettere.

«Stai cercando di capire le cose.» Parlò lui per me.

Per qualche inspiegabile ragione, il mio cuore iniziò a palpitare.

Ravil aveva appena dato voce a quello che con me stesso fingevo di aver già deciso. Ma cosa c'era da capire? Kayla stava a Los Angeles. Io lì. E poi avevo in programma di tornare in Russia, una volta calmatesi le cose. Avevo risparmiato per avviare una mia impresa lì. Non tornare non era un'opzione valida: mia madre era lì tutta sola.

Ma aveva ragione: chiaramente non avevo ancora preso una decisione, altrimenti quel weekend non sarei partito. L'accordo mensile con Kayla era terminato la settimana precedente.

«Sì» concordai.

«Fammi sapere quando avrai capito.» Si girò e si allontanò, lasciandomi lì a sudare.

Cazzo. Un altro motivo per chiudere l'avventura con Kayla quel finesettimana. Eppure, mentre varcavo l'uscio per dirigermi all'aeroporto, ero quasi certo che non avrei chiuso un bel niente.

Kayla

Sorseggiavo champagne nella hall del Four Seasons di Beverly Hills, appena oltre le porte d'ingresso, in modo da esser vista da chiunque entrasse. Ero calata nel personaggio, interpretavo la mia parte, quindi trascurai la sensazione di non appartenere a quel posto. Quello era un luogo per ricchi e famosi, mentre io ero solo un'aspirante attrice del Wisconsin.

Non avevo ancora visto nessuno di famoso entrare, ma mi balenò in mente l'idea che gironzolare da quelle parti poteva essere una strategia per essere "scoperta".

Non si sa mai. O almeno così eravamo solite dire. Io, le mie coinquiline e tutte le altre attrici disoccupate a Los Angeles.

Mi squillò il telefono, che presi dalla borsa e rispondere quando vidi che si trattava della mia agente.

«Ciao, Lara.»

«Kayla, senti, cancella i programmi per questo finesettimana. Forse riesco a farti avere un'audizione. Ci sto lavorando.»

Questo finesettimana.

Cazzo.

Nei weekend ora appartenevo a Pavel. Ma qui si trattava della mia carriera. Doveva venire prima.

«Sì, va bene» le dissi senza fiato. «Per che cosa?»

«Una nuova serie televisiva diretta da Blake Ensign; penso che saresti perfetta per una delle parti. Ah, mi chiamano e devo rispondere. Ti chiamo presto.»

Lara attaccò nel suo tipico stile da agente importante, anche se non era così importante. Sicuramente non era l'agente degli attori di serie A. E nemmeno di quelli di serie B.

Altrimenti non sarebbe stata la mia, no?

Vabbè. Ero fortunata ad averne una. Più di quanto la maggior parte delle attrici potesse dire. Sospirai, rimisi il telefono nella borsa e sorseggiai un altro po' di champagne per calmarmi i nervi. Pavel, il mio cattivo russo dominatore, l'indomani avrebbe capito, in caso di conferma dell'audizione. O almeno così credevo.

La verità era che poteva anche essere il mio dominatore, potevamo fare le cose più intime ogni strabiliante finesettimana, ma restavamo degli estranei. Avevo detto *dominatore* – non *fidanzato* – perché non c'era niente di simile a un "fidanzato" in Pavel, anche se probabilmente avevamo la stessa età. Non che lo sapessi con certezza, eh. C'erano un milione di cose che non sapevo di Pavel. Come quello che faceva per vivere. O ciò che lo aveva reso un sadico, se si potevano spiegare cose di quel tipo. Probabilmente no. Chissà cosa aveva reso me una sottomessa. Sapevo solo che mi accendeva più di tutto il sesso precedente al Black Light.

Solo il pensiero delle cose che mi avrebbe fatto quella sera mi fece scendere un brivido giù per la schiena. Indossavo un abito da cocktail nero, non abbastanza sinuoso né sexy quanto avrei voluto, ma aveva un colletto euna scollatura profonda che mi sembravano belli bollenti. Speravo che lo pensasse anche Pavel. Incrociai le gambe. Indossavo lussuose autoreggenti nere, del tipo dalla cucitura che correva su per la gamba e terminava con un piccolo fiocco di raso a pochi centimetri dal culo. Avevo cambiato look quindici volte nel tentativo di scegliere quello giusto, e non ero ancora sicura. Mi sentivo un po' una call-girl in attesa del suo john.

Cosa magari anche intrigante in termini cosplay, ma pure un po' troppo simile alla verità.

Non che Pavel mi pagasse. Il primo finesettimana in cui aveva preso un aereo per vedermi, il finesettimana dopo l'abbinamento al Black Light, l'esclusivo club sadomaso dove ci eravamo incontrati, aveva tirato fuori una manciata di banconote prima che ci separassimo.

«Non ti sto pagando» aveva detto nel suo accento sexy. Riusciva a essere severo e autoritario anche quando mi faceva un regalo. «Non pensarci neanche. Sono solo soldi perché non sarò in giro a portarti fuori il resto della settimana.»

Avevo sbattuto le palpebre solo due volte prima di prenderli, con tanto di bacio di Pavel alla tempia.

Riuscivo a malapena a tirare avanti come attrice di spot e piccoli ruoli che faceva promozioni alle feste per pagare l'affitto.

Mi sarebbe piaciuto fare la coraggiosa e l'orgogliosa e dirgli che non avevo bisogno dei suoi soldi, ma in realtà non ero quel tipo di persona. Ero sicuramente il tipo di sopravvissuta da "fa' attenzione e sii socievole".

Il che significava che, quando arrivava, io l'aiuto lo accettavo.

Quando poi a casa avevo srotolato le banconote, ero rimasta scioccata nello scoprire che non era una mazzettina da venti dollari. Quelli erano pezzi da cento, nove per l'esattezza.

Aveva ripetuto il gesto nei tre finesettimana successivi che eravamo stati insieme, infilandomi grandi quantità di denaro nella borsa o mettendomele direttamente in mano.

«Non ti sto pagando» aveva detto severo con quel sexy accento russo, sfidandomi a contraddirlo.

Un fremito di eccitazione mi colpì come un fulmine nel momento in cui attraversò le porte di vetro.

Da quell'uomo si irradiava un potere che ne contraddiceva la giovinezza e i tatuaggi da uomo di strada. La barba ben tagliata adornava una mascella e un mento quadrati con una fossetta al centro. Sarebbe stato un tipico bellone di Hollywood, salvo per la distinta aria di pericolo che lo accompagnava. Più di una testa si girò per vedere chi stava arrivando.

Eravamo a Los Angeles, quindi c'erano personaggi famosi ovunque, specialmente al Four Seasons, e Pavel sembrava essere uno di loro.

Come sempre indossava abiti costosi, ma la button-down inamidata era aperta sulla gola, rivelando i tatuaggi che strisciavano su dal petto fino al collo. Era un duro della bratva in ogni centimetro. Portava con sé una valigetta che, per esperienza, io sapevo contenere i suoi strumenti di tortura. Cose che avrebbe usato per padroneggiarmi più e più volte per tutto il finesettimana.

Scivolai in avanti sul divano moderno, pronta ad alzarmi, ma lui scosse leggermente la testa e fece passare lo sguardo da me alla fila alla reception.

L'esplosione di farfalle nella pancia mi rese difficile pensare. Decifrarlo. Oltre a sollevare un dito per mezzo secondo, come a indicarmi di aspettare, non mi considerò. Mi superò per mettersi in fila alla reception. Una vampata di calore mi inondò le guance mentre mi sedevo, la spina dorsale dritta, le tette in fuori, in attesa del suo comando. Cercai di respingere il dolore del rifiuto.

Ma non era un rifiuto. Era una prova di obbedienza.

Quanto bene sapevo interpretare i suoi desideri? Quanto ero brava nella gratificazione ritardata? Stava prendendo le sue misure. Per forza.

Tutto ciò che quell'uomo diceva o faceva mi scatenava fluttuazioni interiori. Le sue parole erano comandi deliziosi e fantasiosi. Le sue espressioni tendevano a essere oscure, al limite di una leggera disapprovazione. Mi avrebbe fatto un cenno con un sopracciglio, lanciato uno sguardo di avvertimento. Interpretava il ruolo del padrone severo a pennello. Solo che non ero nemmeno sicura che fosse un ruolo. Tutte le nostre interazioni erano scene degne di un film, ma non credevo che il suo personaggio fosse molto lontano da chi era veramente.

Il problema era che non lo sapevo. A volte non ero nemmeno sicura di volerlo sapere. Stavamo interpretando le nostre fantasie l'uno con l'altra. Perché desiderare anche solo un briciolo di realtà nella cosa?

Un addetto dell'hotel gli portò un vassoio con dei bicchieri pieni di champagne. Lui scosse la testa, ma gli disse qualcosa e poi indicò me. Il dolore svanì. Mi cercava ancora, da bravo padrone. Mi venne offerto altro champagne, che accettai non perché lo volessi, ma perché me l'aveva mandato Pavel.

Fece il check-in e poi venne da me. Stavolta non provai ad alzarmi finché non fui sicura. Finché non tese la mano verso di me. Rimaneva freddo e impassibile. I lineamenti duri del suo volto non rivelavano espressione alcuna. Chissà se era felice di vedermi. Chissà se era contento o scontento del mio vestito o dell'obbedienza con cui avevo aspettato. Posai lo champagne. Non ne avevo più bisogno: un drink era più che sufficiente, per un peso piuma come me.

La mia mano si saldò con la sua quando mi aiutò ad alzarmi. Non disse una parola. Nessun bacio. Neanche un *come stai?* o *ti trovo bene*. Niente. Tutto mero business.

Lasciò cadere la valigetta sopra alla mia, mi prese di nuovo per mano e mi condusse verso gli ascensori, trascinando entrambe le valigie con la mano libera. Le farfalle si fecero uragano, una spirale dal volo frenetico.

Non lo capivo, e il mio bisogno di compiacere – di giocare bere al giochino – mi teneva sul filo del rasoio.

Entrammo nell'ascensore e le porte si chiusero. Nel momento in cui rimanemmo soli, Pavel si voltò verso di me. Mi avvolse una mano tra i capelli, mi piazzò l'altra sul culo e mi spinse contro il muro dell'ascensore. La sua bocca scese sulla mia in un bacio esigente.

L'erezione mi spingeva contro alla pancia e la lingua mi travolse la bocca. Il sollievo si riversò dentro di me. Non era scontento affatto. Mi voleva. Gli avvolsi le braccia intorno al collo e lo baciai, avvolgendogli una gamba intorno per avvicinarlo.

Ci baciammo come se il mondo stesse per finire. Come se senza divorarci la bocca l'un l'altra non avremmo mai più visto la luce del giorno. Era passata solo una settimana dall'ultima volta che ci eravamo visti, e sembrava tanto ieri quanto un'infinità di tempo.

L'ascensore trillò e Pavel mi prese per mano, conducendomi fuori senza guardarmi, manovrando sapientemente le nostre valigie accatastate lungo il corridoio fino a una porta che aprì con la chiave magnetica.

Non aveva ancora parlato. Probabilmente neanch'io, perché stavo aspettando che lui guidasse. Era lui il padrone. Io la schiava. O almeno a quello giocavamo da poco più di un mese prima, quando ci eravamo conosciuti. Chiuse la porta con un calcio e riprese il bacio con la stessa ferocia di quando lo aveva interrotto. Il sedere mi andò a sbattere contro al muro. Le linee dure del suo corpo si modellarono contro il mio, richiedendo la mia resa. E io mi arresi. A lui. Alla sua abilità. Al suo dominio, al suo comando. Mi prese la coscia e la sollevò, trovando la fascia superiore delle autoreggenti.

«Sexy» mi disse in un alito di fiato contro alle labbra. Molto appropriata, come prima parola. Mi accarezzò il culo, il palmo della mano scivolò sotto l'orlo del vestito.

«Cazzo, se sei sexy.»

Ecco. Ciò che speravo. Perché mi ero cambiata i vestiti più di una dozzina di volte. Mi baciò il collo mentre mi palpeggiava la figa come se la possedesse. Cosa verissima. Con il mio consenso, ovviamente. Come sempre, ero cera morbida nelle sue mani, tremante, pronta, in attesa del suo comando.

Che non mi diede. Si limitò a prendere. Mi fece scivolare le dita dentro le mutandine e mi accarezzò la fessura.

«Sei già bagnata.» La sua barba ben tagliata mi solleticava l'orecchio. Il suo accento russo era marcato: diventava sempre più forte, quando era su di giri. «Sei una brava ragazza. Pronta a prendere il cazzo nel momento in cui io decido di dartelo.»

Un brivido di piacere mi attraversò alle parole sporche, e mi nutrii delle sue lodi, anche se il fatto di essere pronta non era cosa su cui avevo controllo.

«Sì, signore» ansimai.

«Ho bisogno di entrarti dentro, fiorellino» disse burbero, sbrigandosi a liberare l'erezione.

Fiorellino. Adoravo il nomignolo che mi aveva dato. L'aveva scelto perché mi riteneva un fiore troppo delicato. Troppo facile da schiacciare. Eravamo stati accoppiati da un giro di ruota della roulette del Black Light, e secondo me era rimasto deluso dalla scelta del caso. Ma quando aveva scoperto che accoglievo tutto ciò che aveva da offrire – dolore e umiliazione allo stesso modo – il suo disprezzo per me si era lentamente trasformato in apprezzamento. Dopo che mi aveva spezzata, quando mi ero umiliata andando fuori di testa in una pozza di singhiozzi a causa del sub-drop, aveva dichiarato che gli appartenevo.

Era successo cinque settimane prima.

Non lo aiutai, perché il mio compito era sottomettermi. Era lui a condurre.

Mi scostò le mutandine e allineò la cappella al il mio ingresso, piegando le ginocchia per abbassarsi alla mia altezza. Non usavamo il preservativo perché io prendevo la pillola, eravamo monogami e avevamo fatto entrambi il test, risultato negativo. Quando si spinse dentro e verso l'alto, mi sollevò fino a farmi salire sulle punte dei piedi, facendomi scivolare i fianchi su per il muro. Gridai, stringendogli i bicipiti sporgenti per rimanere stabile.

«Di chi è questa figa?» Le dita di Pavel erano ruvide sul

mio culo mentre mi aiutava a sollevarmi alla giusta altezza per inchiodarmi contro il muro.

«Tua, padrone!»

Spinse forte e veloce. La schiena mi sbatté contro il muro. Brutale, spaventoso e meraviglioso. Sollevai l'altra gamba per avvolgergli la vita e lui si insinuò in me, spingendo dentro con ogni potente scatto dei fianchi. I suoi denti mi segnarono il collo, che succhiava e mordeva mentre mi martellava.

Ascoltai l'accelerazione del suo respiro. Sarei venuta nel momento in cui lo avesse fatto anche lui, se me lo avesse permesso. Non ci pensai né ci provai nemmeno: era come se il mio corpo conoscesse il suo padrone. Come se volesse unirsi a lui nel rilascio.

I colpi di Pavel diventarono più duri, mi spingeva il corpo più in alto sul muro. Mi sfuggì un grido bisognoso.

Il suo respiro si sbloccò e lui sbatté in profondità. «Vieni.» Il comando gli uscì soffocato e gutturale: parlava al di sopra del suo stesso orgasmo.

Rinunciai a ogni sforzo di trattenere la contrazione dei muscoli attorno al cazzo.

Non c'era nient'altro che il suono del suo respiro affannoso e la sensazione del cazzo che pulsava dentro di me.

Pavel mi baciò la tempia, lo zigomo, il naso. Erano quelli i momenti che assaporavo. Quando ero sicura di aver ottenuto la sua approvazione. Quando era grato, gentile e generoso di un affetto che altrimenti tratteneva. «Ne avevo bisogno.» Mi strinse il culo e mi baciò il collo. «Non riuscivo nemmeno a guardarti con quel vestitino, quando sono entrato. Sapevo che sarei andato alla reception con l'erezione più evidente del mondo.»

«Ah, era per questo.» Risi quasi dal sollievo. «Pensavo che stessi mettendo in atto un giochetto mentale per spiazzarmi.»

Pavel si tirò indietro, si allontanò da me e mi studiò il viso. Sfilò il cazzo e mi aggiustò l'abito. «Ho ferito i tuoi sentimenti.»

Feci spallucce. Era bravissimo a leggermi dentro quando cercava una risposta, ma alle volte non aveva idea di cosa chiedere.

La mia amica Sasha, che ci aveva messi in contatto, credeva che io fossi la prima e unica ragazza che avesse mai avuto.

E non mi consideravo nemmeno la sua ragazza.

Quello che avevamo era altro.

Annuii e lui mi accarezzò la guancia con il pollice.

«Mi piace trasmettere dolore fisico, non emotivo, Kayla. Non faccio giochetti mentali. Non voglio destabilizzarti: voglio che tu sia sicura di me. Altrimenti, con questo tuo bel corpicino sexy, come farai a fidarti di me?»

I battiti nella pancia piombarono una volta e poi si assestarono.

Pavel mi tenne la mascella e posò le labbra sopra le mie. «Scusa, fiorellino. Sono un cazzo di egoista. Non intendevo ferirti.» Mi baciò tanto dolcemente da farmi quasi piangere. Tutto il contrario dei baci duri e rivendicativi dell'ascensore. Tutto diverso. «Grazie di avermelo detto. Non ti lascerò più in sospeso.»

Tutto nel mio petto divenne caldo e appiccicoso. Funzionava sempre così con Pavel. Ero al limite, un pasticcio tremante e volatile, bramosa della sua attenzione, morente dal desiderio di una conferma, e poi quando me la dava mi alzavo in volo come un aquilone.

Le mie coinquiline pensavano che non fossi normale, ma non capivano il sadomaso. Pavel era la cosa più eccitante che mi fosse mai capitata.

2

Pavel

Le ginocchia di Kayla cedettero e le afferrai il gomito per stabilizzarla. Era così fottutamente dolce. Tenerissima, come un fiorellino.

Un fiorellino che temevo sempre di schiacciare.

Come diavolo avrei potuto sapere che fare prima il check-in avrebbe incrinato la sua fiducia? Era stata esattamente quella tenerezza di cuore a portarmi a respingerla quando ci eravamo conosciuti al Black Light. Pensavo che non sarebbe durata neanche un minuto con me senza urlare *rosso,* la parola di sicurezza.

Ma mi aveva dimostrato che mi sbagliavo. Kayla avrebbe preso quasi tutto ciò che avevo da darle senza lamentarsi. Quei grandi occhi azzurri erano sempre fissi sul mio viso, alla ricerca della mia approvazione, del mio prossimo comando. Era proprio una sottomessa da sogno. Ma farle da dominatore significava che dovevo capire anche la merda emotiva, il che non era il mio forte.

Per usare un eufemismo.

Feci scivolare le labbra sulle sue in un morbido bacio,

poi tracciai l'apertura del suo vestito con la punta dell'indice. «Che bella che sei, fiorellino. Dovrei portarti fuori a cena e metterti in mostra. Lo vuoi?»

Non era quello che volevo *io*, però. Anzi, nel momento in cui l'avevo vista giù nella hall, avrei tanto voluto buttarmela in spalla e sculacciarle il culo fino a farlo diventare rosso per aver permesso a chiunque altro di vederla così scopabile.

Era per quello che mi ero rifiutato di rinnovare gli abbonamenti al Black Light, dove nell'ultimo mese avevamo giocato gratuitamente. Non mi piaceva che qualcun altro la guardasse. La cosa aveva fatto emergere in me una violenza che avevo dovuto contenere. Dovevo stare attento a non incanalarla nel nostro gioco.

«Mi sono vestita così per te, padrone» disse dolcemente.

Dannazione. Ogni volta che cercavo di difendermi dalla relazione, lei sparava qualcosa del genere.

Un'ondata di passione si precipitò fuori di me; le strinsi il viso con entrambe le mani e la spinsi di nuovo contro il muro, baciando a morte la sua bella bocca. Quando finii, la barba le aveva sfregato la pelle, le sue labbra erano gonfie e lei ansimava senza fiato.

Avrei voluto farle un centinaio di porcherie , ma ricacciai giù i miei desideri oscuri. Il bisogno di rimediare al dolore inflitto ai suoi sentimenti aveva la precedenza sul mio di torturare quel suo corpicino bollente.

Le scostai i capelli dal viso. «Se non usciamo subito da questa stanza» la avvertii, «entro trenta secondi ti ritroverai nuda e con le impronte delle mie mani su quel tuo bel culo.»

Dilatò gli occhi. «Mmm.»

«Voleva essere una minaccia.» Di colpo divertito, quasi sorrisi. «Andiamo a cena.»

«Sì, padrone.»

La feci uscire dalla stanza con la mano sulla schiena, perché era bellissimo, cazzo, sentire il suo corpo sotto alle mani in ogni momento. Nell'ascensore la schiacciai di nuovo contro il muro.

«Hai fatto la brava, questa settimana?»

Sbatté le palpebre. «Faccio sempre la brava.»

«Lo so.» Le scostai i capelli. «Ed è proprio questo a rendere tutto così sbagliato.»

Confusa, corrucciò le sopracciglia. «Cosa?»

«Tu fai la brava mentre io sono molto, molto cattivo.»

Non si tirò indietro. Non ero sicuro che mi credesse, ma avrebbe dovuto. Contorse invece il suo dolce corpo contro il mio, in cerca di piacere. L'ascensore si fermò e salirono due persone, costringendomi a girarmi e a prendermi protettivamente Kayla contro al fianco. Lì eravamo al sicuro: niente cellule della bratva né gente con cui la nostra cellula avesse problemi a Los Angeles. La portai al bel ristorante dell'hotel, per non allontanarmi troppo dalla camera. Una volta accomodatici e ordinato, Kayla mi studiò.

«In cosa consiste il tuo lavoro, Pavel?»

«In qualsiasi cosa che il capo vuole che faccia» dissi. *E in niente di cui possa parlarti.* Quando mi resi conto che stava aspettando che dicessi altro, aggiunsi: «Ho il ruolo di brigadiere, di *soldato.* Non occupo una posizione alta nell'organizzazione, ma ho la fortuna di essere nella cerchia ristretta del *pachan.*»

«Ravil è il capo, il *pachan*?» chiese.

Alzai le sopracciglia: ne conosceva il nome. Non le avevo raccontato molto della mia vita. Di solito chiudevamo parole e attività in camera da letto.

«Me l'ha detto Sasha» disse rapidamente.

Sasha, la nuova sposa del nostro risolutore bratva,

aveva studiato teatro con Kayla alla University of Southern California. Avevano vissuto insieme durante il college. Ora vivevo con la principessa bratva rompipalle e il resto della nostra cellula bratva. «Sì. Si sta incazzando perché ogni fine settimana sparisco. Ha accennato alla cosa.»

«Dovessi annullare, andrebbe bene. Capirei.» Arrossì. «Insomma, ovviamente, o sai. Sei tu il dominatore.»

Ero il tipo che si prendeva tutto, che gli venisse offerto o meno, ma veder Kayla offrire ripetutamente la propria sottomissione mi aveva cambiato. Mi faceva venire voglia di dare un po' di più. Il che rendeva il tavolo di gioco pericoloso. Non avrei dovuto lasciare che la situazione si approfondisse, dal momento che stavo per chiuderla. Quindi non le dissi la verità: che avrei preferito una forchetta nell'occhio piuttosto che cancellare i nostri weekend. Arrivarono i piatti: bistecca per me e insalata al salmone per Kayla, e mangiammo in silenzio finché Kayla non chiese: «Uccidi gente, per conto di Ravil?»

Quelle parole caricarono l'aria tra di noi, creando una barriera elettrica.

Abbassai le sopracciglia mentre mi accelerava il polso. «Perché me lo chiedi, Kayla?» Spostai lo sguardo sulla sua gola, registrando il suo polso frenetico. Mi passarono per la testa le peggiori opzioni: era un'informatrice. Aveva addosso una ricetrasmittente. Ecco perché chiedeva di Ravil e del mio lavoro e di chi ammazzavo.

Ma no, Kayla era un libro aperto… non poteva mica prendermi in giro, no? Aprì le labbra, ma non le uscì alcun suono.

Mi allungai sul tavolo per prenderle il polso; ne trovai il battito con le dita. «Perché lo chiedi?» Ripetei con un tono più duro.

Deglutì. «C-curiosità.» Il suo polso era veloce perché l'avevo spaventata, ma alla risposta non accelerò ancora.

Le girai il polso e lo sfiorai leggermente con il pollice per lenire la durezza di un momento prima. «Vuoi davvero una risposta?»

Sotto al tocco del mio pollice, il suo polso sfrecciò. Dai suoi occhi spalancati, capii che sapeva già la verità, e che la spaventava, ma lei annuì.

«Sì. Quando ci siamo conosciuti ti ho detto che sono un assassino. Non era una figura retorica.» L'ammissione piombò sul tavolo, tra noi, come una pesante pietra, appesantendo piatti e posate come un brutto centrotavola che nessuno vuole guardare. «Se lo meritavano tutti… non che creda che questo salverà la mia anima.» Incrociavo costantemente il suo sguardo. Avevo deciso di fare il boia subito dopo aver fatto cadere il primo corpo per l'esercito russo. Non mi ero mai guardato indietro. C'era un posto a questo mondo per quelli come me. Servivamo una causa che la maggior parte degli uomini non era disposta a soddisfare. Ma quel posto non era in nessun modo vicino a Kayla Winstead. Era troppo pura. Non innocente, non debole, ma integra e intatta. Un uomo come me non apparteneva al suo letto né alla sua vita.

Ancora non parlava. Le lasciai il polso e mi allontanai, nel caso in cui fosse stata pronta a gettare il tovagliolo sul tavolo e scappare. Non l'avrei fermata. «Non sono un brav'uomo. Te l'ho detto quando ci siamo conosciuti.»

Le ciglia le tremarono sugli occhi, come tentasse di tenerli aperti per evitare di versare lacrime. «Ti ricordi quello che ti ho detto *io*?»

Ricordavo. Ricordavo tutto di quella notte. Come mi sentivo a spezzarla. Come mi sentivo a tenerla tra le mie braccia, dopo, e a rimetterne insieme i pezzi. L'indicibile potere sessuale che mi aveva dato.

Mi schiarii la gola. «Hai detto che ti fidi di me.»

Annuì. «Ed è ancora così.»

«Fiorellino…» Mi uscì in un sospiro. O forse in una preghiera. Avrei dovuto liberarla – in quell'esatto istante – ma non riuscivo a pronunciare le parole. Non ero pronto a rinunciare a lei. Invece dissi: «Prometto che ti lascerò andare, nel momento in cui vorrai uscirne.»

Si tirò indietro, e io guardai un brivido muoversi attraverso di lei.

«Hai paura» mormorai, raggiungendo le sue dita sul tavolo e intrecciandole con le mie. «Hai paura di me?»

«No.» Scosse la testa.

«Bene. Sei al sicuro con me, fiorellino. Sempre. Ti basta una parola e io mi tiro indietro. Lo sai, vero?»

Aveva una parola di sicurezza. E le stavo dicendo che rimaneva valida anche oltre al gioco. Se – anzi: quando – avesse detto *rosso* alla relazione, sarebbe finita. Perché sapevo che quel giorno sarebbe arrivato.

3

Kayla

Dopo cena cercai nella borsa la bottiglietta di collirio e la agitai, ma era vuota. Pavel guardò, il viso impassibile. «Tutto ok?»

«Mi prudono gli occhi per le allergie. Devo prendere il collirio. Magari domani faccio un salto al minimarket.»

«Posso andarci io stasera» si offrì. «Ce n'è uno all'angolo. Ti riporto in camera e vado.»

«Posso venire con te» protestai, poi virai rapidamente su un «padrone.» Buffo quanto facesse il gentiluomo fuori dalla camera da letto.

«Vuoi camminare? Con quei tacchi?»

«Sì» dissi. La verità era che non volevo separarmi da lui. C'era ancora così tanta distanza emotiva tra noi due che fisicamente non riuscivo a sopportarne di più. Soprattutto dato lo avevo solo per un breve finesettimana. E poi i tacchi non mi dispiacevano. Avevo un'alta soglia del dolore, che tornava utile dato che ero la schiava di Pavel.

«Va bene, fiorellino. Andiamo.» Sentii l'indifferenza nella sua voce. Il portiere ci tenne la porta aperta e uscimmo. Rabbrividii all'aria notturna e Pavel imprecò dolcemente in russo. «Hai freddo.»

«Sto bene.» Passai al suo fianco; lui colse il suggerimento e mi cinse con un braccio per tenermi vicina. Aveva ragione: c'era un minimarket a poco meno di un isolato di distanza; l'insegna al neon brillava, proiettando un bagliore blu sul marciapiede di fronte. Entrammo. C'era il via vai del venerdì sera. Persone che passavano per prendere confezioni da sei birre o snack da sgranocchiare ovunque andassero dopo. Trovai i colliri e andammo al bancone. E fu allora che tutto andò di traverso. Pavel stava pagando quando il ragazzo dietro di noi mi spinse in avanti. Il viso di Pavel si contorse dalla rabbia, fece per voltarsi e poi si fermò completamente. Il ragazzo estrasse una pistola. La puntò con uno scatto tra le nostre teste e quella del commesso. «Dammi tutti i soldi della cassa.» Sembrava in preda al panico. Senza fiato. Dio, perché mi spingeva in avanti contro il bancone? Non sarebbe stato meglio aspettare che avessimo pagato e ci fossimo spostati?

Emisi involontariamente una specie di verso simile a quello di una mucca ferita, un morbido muggito di paura.

Suono che forse spaventò il rapinatore, perché mi afferrò e mi tirò contro la sua pancia flaccida. Aveva la giacca che puzzava di benzina e la cerniera mi scavava nella schiena. Mi prese al collo, tenendo sempre la pistola contro l'impiegato.

Soffocai. Il tempo rallentò mentre colsi l'espressione inorridita del commesso e il lampo di pericolo negli occhi di Pavel.

Che non esitò. Afferrò il braccio armato del ragazzo con la mano destra nello stesso momento in cui lo colpì alla gola con la sinistra. La pistola puntò verso il soffitto e sparò.

Attorno a noi risuonarono delle urla. Mi liberai dalla

presa e balzai indietro mentre Pavel sbatteva la canna della pistola contro alla tempia del ragazzo. La testa emise un suono orribile quando si ruppe contro il pavimento, gli arti distesi in ogni direzione.

I movimenti di Pavel furono fluidi come in un combattimento cinematografico coreografato. Non era decisamente la sua prima volta, per lui. E neanche la quinta.

Puntò la pistola in faccia al ragazzo con evidente competenza. «Non toccare la mia ragazza, cazzo.» L'accento era pesante, la voce carica di minacce.

I brividi mi corsero su e giù per la schiena, perché ora non avevo dubbi che Pavel mi avesse detto la verità: era uno spietato killer.

E poi rielaborai le sue parole. *Non toccare la mia ragazza, cazzo.* Lo aveva fatto per me. Se quello lì non mi avesse toccata, avrebbe agito?

Il commesso dietro la cassa borbottò, «*Wow*», come impressionato. Era stato dannatamente impressionante.

Le mosse di Pavel non avrebbero potuto essere coreografate meglio nemmeno fossimo stati in un film.

«Chiama la polizia» disse al commesso senza distogliere lo sguardo dal ragazzo che teneva sotto tiro.

Prima che potessi riprendere fiato emerse un'altra pistola, stavolta di un tipo alla porta. Erano insieme. Quest'altro ragazzo non poteva avere più di diciotto o diciannove anni. Fitti riccioli scuri gli cadevano sul viso, e la mano che teneva la pistola tremava tanto che temevo sparasse per sbaglio.

La puntò su Pavel. «Molla la pistola» ordinò, come se avesse guardato troppi polizieschi.

Pavel non ne rimase colpito. Con un gesto pulito, spostò la mira sul ragazzo alla porta e piazzò il piede sul petto del ragazzo a terra, che stava iniziando a svegliarsi.

«*Mettila giù*» disse con la massima tranquillità.

«M-mettila giù tu» insistette l'adolescente. «O sparo.»

«Sarai morto prima di premere il grilletto» gli disse Pavel con tono piatto. «Non sbaglio mai un colpo.» Gli credetti.

Il suo sguardo fermo lungo il braccio e la presa decisa sulla pistola diceva che era un esperto. Garantito.

Un *assassino.*

«Accidenti» mormorò il commesso con evidente apprezzamento. La faccia del delinquente si piegò per la sconfitta.

«Metti lentamente la pistola sul pavimento.»

Il ragazzo obbedì, piegando le ginocchia e posandosi la pistola ai piedi.

«Vieni qui. Sdraiati accanto al tuo amico.» Si indicò i piedi. La sua concentrazione costante non lasciò mai il viso del ragazzo, e la pistola non vacillò mai. «C'è qualcun altro? Hai altri complici? C'è qualcuno in macchina fuori?»

«N-no.» Scosse la testa, e le lunghe ciocche gli ricaddero su un occhio. Si accovacciò ai piedi di Pavel e poi fece per sedersi.

«A faccia in giù.» Pavel spinse il primo con il piede. «Anche tu. Girati.»

Quando furono entrambi sulla pancia, Pavel imprecò in russo.

«Riesci a prendere la pistola, fiorellino? Ma fa' attenzione.»

La sua voce era molto più morbida quando si rivolgeva a me. Come se stesse cercando di calmarmi con toni tranquilli, così come faceva durante i nostri giochini.

Mi mossi più velocemente di quanto pensassi di saper fare coi tacchi a spillo e le gambe tremanti; presi la pistola. La portai a lui, perché tenerla in mano non mi sembrava sicuro.

Pavel prese la seconda arma e se la infilò nella cintura dei pantaloni, poi mi prese la mano.

«Stai bene? Sei ferita?»

«Sì. Cioè, no, sto bene.»

Diede un calcio forte a quello che mi aveva trattenuta. Il suo viso normalmente impassibile si era indurito in qualcosa di spaventoso.

«Sei fortunato: avrai a che fare con la polizia e non con me» ringhiò. «*Nessuno* tocca la mia ragazza.»

La bandiera che mi sventolava nel petto per Pavel all'affermazione s'innalzò e prese a sbattere, cullandomi con gioia e orrore simultanei.

Avevo le vertigini all'idea che avesse fatto tutto ciò per me. Per proteggermi o per ottenere una punizione. Ma per la prima volta, avevo anche paura. Perché in quel momento era un omicida fatto e finito. Non aveva fatto che avvertirmi, che dirmi che non era un brav'uomo. Che chiedermi se avevo paura. Che promettermi di lasciarmi andare. Cos'avrebbe fatto a quel ragazzo se non fosse venuta la polizia? Lo avrebbe torturato? Ucciso? Forse non lo volevo proprio sapere. Una folla di clienti spaventati aveva iniziato a radunarsi sul perimetro della scena, ora che Pavel aveva sottomesso i rapinatori.

«Hai chiamato la polizia?» chiese Pavel al commesso.

«Ho fatto scattare subito l'allarme» disse. Il lamento delle sirene ci raggiunse, come un segnale.

«Sei un poliziotto?» chiese l'impiegato intimorito.

«No.» E non spiegò altro.

Due volanti stridettero fino al marciapiede, le luci blu e rosse lampeggiavano nel negozio. Pavel si accovacciò per posizionare entrambe le pistole sul pavimento, poi si alzò tenendo entrambe le mani in aria. E nemmeno questa era la sua prima volta. La polizia corse alla porta con le pistole spianate. «Inginocchiati» gridò uno. Non sapevo bene con chi parlasse, ma Pavel invece lo sapeva benissimo. Si ingi-nocchiò, con le mani ancora in aria.

«Non è stato lui!» protestò con forza il commesso, forse anche più turbato di me.

«Sono stati loro» indicò i ragazzi a terra.

«Sì, sono stati loro» alzai la voce indignata.

Pavel però non era arrabbiato. Ci era già passato. Sapeva cosa fare. Il suo viso sfoggiava ancora la maschera da duro. Pareva che si fosse ritrovato dalla parte sbagliatis-sima della legge ben più di una volta.

«Nessuno si muova» ordinò il poliziotto.

Pavel

«Quindi tu sei l'eroe.» L'agente che finalmente mi tolse le manette lo disse con totale sarcasmo. Aveva controllato il documento d'identità. Visto i tatuaggi. Sapeva cos'ero.

«No.» Mi girai verso di lui e mi aggiustai le maniche.

Avevo visto arrivare quella pioggia di merda nell'istante in cui mi ero lasciato coinvolgere, ma non avevo avuto scelta. E ora la serata era rovinata. Forse qualcosa di più della serata. Ecco cosa doveva accadere per far salire un po' di buonsenso in Kayla.

Per chiarirle che non ero il ragazzo che voleva come suo fidanzato.

Vedevo come mi guardava ora... come se fossi stato un mostro.

Avrei dovuto accettarlo. Ma il bisogno di calmarla mi provocava prurito e gelo.

Ero stato isolato dalla polizia per più di quaranta minuti mentre valutavano la versione di tutti e capivano come stavano le cose, e avevo dovuto osservare il mio piccolo fiorellino appoggiarsi al bancone come se le gambe non la reggessero.

Volevo ancora uccidere il *mudak* che l'aveva afferrata. Sarebbe stata una morte lunga, lenta, sanguinosa.

«Dove hai imparato quelle abilità?» chiese il poliziotto, anche se doveva saperlo già. Se non dal documento d'identità, allora dai tatuaggi sulle nocche.

«Esercito russo» dissi burbero.

In parte era vero.

Erano stati i militari ad avviare la mia formazione.

«Ah ah.»

Feci cenno a Kayla, certo solo in parte che sarebbe venuta. Anche se era ancora la mia schiava.

«Posso andare?»

«Sì.»

Sentii a malapena la risposta, perché il sollievo che mi attraversò quando Kayla praticamente spiccò il volo per planarmi fra le braccia fece girare la stanza.

Le baciai il capo e le massaggiai la schiena.

«Andiamo, fiorellino. Hai preso il collirio?»

«Il collirio!» esclamò, e girò la testa verso il bancone. La sua busta ce l'aveva il commesso.

Aveva erroneamente deciso che ero l'eroe della scena. Ma non lo ero. Io ero il vendicatore.

Solo per Kayla.

Non parlammo tornando al Four Season.

Quando fummo in ascensore, Kayla mi scrutò.

Eccoci. Mi preparai a una domanda o a un commento serio. Quanti uomini avevo ucciso? Quali altri crimini avevo commesso? Perché aveva visto coi suoi occhi che io non ero un bravo ragazzo.

«Se quel tizio non mi avesse presa, li avresti comunque disarmati?»

Dovevo dirle la verità, perché aveva bisogno di sentirla.

Aveva bisogno di sapere cos'ero. Scossi la testa. «No, *malyš*.»

Sbatté le palpebre dei suoi occhi azzurri. *Gospodi*, quegli occhi!

Cercai di spiegarmi. «Sapevo che casino ne sarebbe nato. Quanto ci sarebbe voluto… che ci avrebbe rovinato la serata. Non avresti preferito che ne uscissimo senza farci coinvolgere?»

Esitò un attimo e poi annuì. «Sì.»

Le porte dell'ascensore si aprirono e uscì. Io rimasi lì un attimo, digerendo il suo inaspettato consenso. Ma in fondo era sempre disponibile. Cosa che mi sconvolgeva quasi sempre.

Si girò, in attesa che uscissi. «Cosa significa *malyš*?»

«Bambina.» Uscii e le toccai la guancia. Non si allontanò: buon segno.

C'era qualcosa di diverso in Kayla, sicuro. Dell'acciaio di solito inesistente sotto alla sua morbidezza.

Una parte di me ci vedeva galoppare rapidamente verso la nostra fine, ma non potevo esserne sicuro.

Forse stava ancora digerendo l'accaduto.

Nonostante l'idea che fosse quello il momento che avrebbe potuto – dovuto – porre fine a tutto, e che avrei dovuto accogliere con favore il risultato, il desiderio di risolvere il problema – per prenderla tra le braccia e stringerla come se avessimo appena finito una scena particolarmente intensa – mi sfrigolava e scoppiettava sotto la pelle.

«Pavel?» Ci fu un piccolo schiocco delle sue labbra sulla "P" che mi fece pensare alla voglia che avevo che quelle labbra si aprissero intorno al mio cazzo, e poi il nome uscì come un piccolo sbuffo d'aria. «Padrone?» si corresse.

«*Da?*» Le girai un braccio dietro la schiena e la tirai

contro il mio corpo. Apriva le labbra quando parlavo russo, come trovandolo sexy.

«Puoi... possiamo...»

Inclinai la testa. Ero bravo a capire le persone, ma non avevo idea di dove stesse andando a parare lei. Sapevo riconoscere le menzogne, ma non leggevo certo nel pensiero. «Di'» comandai in non più di un sussurro.

Deglutì, come nervosa a chiedermelo.

«Di cosa hai bisogno, *malyš?*»

«Voglio che mi scopi.»

Non persi certo tempo. Infilai l'avambraccio sotto i fianchi per sollevarla e portarla, a cavallo della mia vita, in camera. Stavo ancora cercando di decifrare il motivo per cui aveva esitato a chiederlo.

«Intendevi *solo* scoparti?»

Mi morse il lobo dell'orecchio.

«Per favore, padrone.»

Riuscii a estrarre la chiave magnetica e a poggiarla contro la maniglia, quindi diedi un calcio alla porta. «Come vuoi essere scopata?»

«In modo duro. Brutale. Sotto di te.»

La posai e le tolsi il vestito. Era arrossata, aveva i capelli arruffati. La brutta situazione del minimarket era filtrata via. Forse la nottata non era poi così rovinata.

«Vuoi fare sesso nella posizione del missionario.»

Mi scrutò in volto, e quando capì che la prendevo in giro fece la civettuola. «Sì, ma un missionario molto rude.»

«Mmm. Non sono mica sicuro che esista.» Mi sbottonai la camicia e mi levai le scarpe. «Togliti i vestiti. I missionari sicuramente non indossano tacchi e autoreggenti a letto.»

Si affrettò a obbedire mentre anch'io mi spogliavo.

«Disfa il letto. Dobbiamo metterci sotto le lenzuola, giusto?»

«N-non necessariamente.»

La raggiunsi e tirai giù i copriletti. «Ti sto solo dando del filo da torcere. Mettiti a letto, *princessa*.»

La seguii e le strisciai sopra. «Chiudi gli occhi.»

Aspettai che obbedisse prima di separarle le cosce e abbassare la testa per leccarla dentro. Era già bagnata e succosa.

«Cosa ti ha fatta bagnare, fiorellino? Che combatta per te?»

«Sì» ammise.

Avrei voluto chiedere altro, ma aveva un sapore troppo buono per continuare l'interrogatorio. Roteai la lingua intorno al clitoride, le leccai il sesso come una pesca succosa.

Non rimasi abbastanza a lungo da farla venire – il cazzo mi faceva male dal bisogno di essere già dentro di lei – di nuovo.

Sempre.

Mi arrampicai su di lei e le scivolai dentro, gemendo interiormente per quanto fosse bello.

«Lo vuoi duro, piccola?»

Scosse i fianchi per incontrare i miei.

«Sì, padrone. *Sì.*» Mi tirai indietro e sbattei forte, facendomi forza con una mano contro la testiera. «Così duro?»

Spinsi di nuovo, afferrandole una spalla con la mano libera quando mi accorsi che stava per andare a sbattere con la testa contro al legno. Levò gli occhi al cielo. «*Sì.*»

Beh, cazzo. Mai c'era stato un missionario meno ordinario.

Mi scorreva dentro lo stesso potere inebriante di quando facevamo una scena. I suoi gemiti mescolavano la protesta al desiderio mentre la tenevo in posizione per penetrarla. Spostai la mano dalla sua spalla alla sua gola.

L'avevo già presa per la gola, ma in modo approssimativo, simbolico. Ora dovevo aggrapparmi per impedirle di battere la testa. Aprì gli occhi di scatto, allarmata.

Il sadico in me amava fottutamente la sua paura, e le spinsi dentro ancora più forte. Sapevo che non le avrei fatto del male, ma lei non sapeva fino a dove mi sarei spinto.

Urlò, quindi capii che poteva tranquillamente pronunciare la parola di sicurezza, se ne avesse avuto bisogno. Non le stavo togliendo l'aria. Le sue grida si fecero frenetiche, bisognose. Le sue gambe si agitarono sotto di me.

Tutta l'adrenalina che mi era pompata nelle vene al minimarket trovò il suo rilascio ora, dato uno scopo molto più delizioso nel momento in cui Kayla aveva fatto la sua richiesta.

Non avevo mai avuto bisogno di scopare così forte. Per dare piacere violentemente a me e alla partner.

Kayla singhiozzò per un disperato desiderio. *«Padrone.»* Non sapevo se stava implorando di venire o che mi fermassi, ma la supplica mi portò all'orgasmo più forte della mia cazzo di vita. Venni e venni e venni dentro di lei, dimenticando di darle il permesso.

«Posso?» Stava già venendo: il suo canale stretto mi stringeva il cazzo a impulsi rapidi.

«Vieni.» Continuai a dondolarmi in lei, rallentando forza e velocità delle spinte, ma senza avvicinarmi alla dolcezza. Tenni la mano avvolta intorno alla sua gola mentre ne rivendicavo le labbra imbronciate, baciandola di brutto; i peli sul mio viso le arrossarono la morbida pelle da bambina.

«Era di questo che avevi bisogno, fiorellino?» La mia voce suonò ruvida, come se fossi stato io a gridare per la liberazione.

«Sì.» Sospirò; una perla di sudore rendeva le sue tette lisce e invitanti. Le mollai la gola e vi portai la mano per palpare un capezzolo. Abbassai il mio corpo sul suo, coprendola mentre strofinavo il naso contro il suo collo.

«Sei bella quando vieni senza permesso.»

Il suo respiro si bloccò per un momento, e poi si mise sulla difensiva. «Hai detto di *sì*.» «Mmm.»

Si dimenò sotto di me, e io feci rotolare entrambi sui fianchi, ancora legati.

«Ho detto di sì per evitarti la punizione. Non aspettarti che sia sempre così misericordioso.» La stanza era buia – non avevo acceso la luce – ma pensai di notare un rossore.

Mi tirai fuori da lei e mi rotolai sulla schiena; il rilassamento post-orgasmico fece capolino rapidamente.

«Che cattivo che sei» mormorò, accovacciandosi contro il mio fianco e toccandomi il capezzolo con la punta dell'unghia. Le coprii la mano e le tirai le dita sulle mie labbra.

«Ma ti piace.» Chiusi gli occhi, ascoltando il ronzio del piacere che attraversava il mio corpo. Meravigliandomi di ciò che Kayla mi faceva. Di come il sesso con lei poteva capovolgere una situazione così completamente. «Beh, è andata in modo decisamente diverso da come mi aspettavo» le dissi, insolitamente aperto.

Si fermò un attimo. «Cosa ti aspettavi?»

Emisi un verso evasivo, poi confessai. «Ero abbastanza sicuro che avresti detto *rosso* su tutta la faccenda.»

Si tirò seduta, sollevando il lenzuolo per coprirsi il seno, come improvvisamente vulnerabile. Fissava dritto davanti a sé. «*Tu* vuoi chiudere la cosa?»

Rotolai su un fianco per vederne il volto nell'ombra.

Non riuscivo, per quanto ci provassi, a capire perché fosse ferita.

Né riuscivo a spiegarmi la sensazione di allarme che mi si stava diffondendo dentro. Al ritorno in hotel, mentre valutavo le probabilità che chiudesse lei le cose, ero turbato ma ancora dannatamente calmo.

In quel momento invece l'adrenalina nel mio sistema stava aumentando e la pelle mi pungeva come davanti a un pericolo fisico. O come se lo fosse stata lei.

Me lo stava chiedendo di punto in bianco. Avrei potuto rompere proprio in quel momento. Fare quello che avevo in programma. Prima che le cose si facessero serie. Prima di dover scegliere tra la fratellanza e l'amore. Tra l'espiazione dei miei peccati in Russia e stare lì con lei. Avrei dovuto dire di sì. Spiegare che il tutto era una pessima idea. Subito. Non ci sarebbe stata un momento migliore.

«*No.*» Sembravo arrabbiato.

Finalmente mi guardò. «Allora smetti di insinuarlo.» La sua voce era morbida, ma non mi era mai sembrata così ferma. Come se mi stesse dando un ultimatum di difficile comprensione.

Smetti di insinuarlo.

Cazzo.

4

Kayla

Dopo una mattinata delle migliori torture possibili sul mio corpo, Pavel cercò di prenotarmi un appuntamento alla spa del Four Seasons.

«Mi dispiace, ma prenotiamo con settimane di anticipo; non c'è proprio nulla di disponibile» sentii l'addetto al telefono dell'hotel.

«Va bene, non fa niente.» Mi avvicinai a lui. «Sono già abbastanza rilassata» mormorai.

Lui riagganciò e mi strinse con un braccio. «Cosa facciamo allora?»

Avevo un forte bisogno di uscire dalla camera d'albergo. Forse era per quello che la sera prima avevo voluto accompagnarlo al minimarket.

Tutte le nostre interazioni avevano luogo in camera o nel club sadomaso, il che era incredibile. Ma volevo di più. Oppure volevo scoprire se c'era la possibilità di avere di più. Sarei dovuta fuggir via, dopo quello che avevo visto il giorno precedente. Vedere ciò di cui Pavel era capace, ricordare che il mondo in cui viveva era diversissimo dal mio avrebbe dovuto essere un fattore determinante. Avrebbe dovuto portarmi all'idea di non cercare di più da quel ragazzo. Eravamo solo sesso, e avrei dovuto esserne felice.

Ma il mio cuoricino ambizioso non avrebbe accettato un no come risposta. Avevo la necessità di essere rivendicata pienamente da lui. Non avrei dimenticato mai lo spettacolare senso di liberazione che avevo provato al Black Light quando mi aveva raccolta e mi aveva detto che gli appartenevo.

E io volevo appartenergli. Mi piaceva appartenergli. E sapevo che così era in quel momento, nella fantasia padrone-schiava, ma volevo che così fosse anche nella vita reale. O almeno così credevo. Forse ero semplicemente pazza.

«Potrei mostrarti Los Angeles» suggerii, poi mostrai un po' di imbarazzo, anticipando già il rifiuto. Nella nostra relazione, non ero io a comandare. Comandava lui.

Ma sbatté le palpebre e fece spallucce. «Certo. Stavolta non ho l'auto a noleggio, ma potremmo prendere un car sharing da qualche parte.»

«Ho la mia macchina. Insomma, non è lussuosa, ma potremmo prenderla. Puoi guidare, se vuoi» aggiunsi frettolosamente.

Aprì le labbra in un sorriso. «Sì, va bene. Non ho bisogno di cose di lusso.»

«No?» Mi spostai verso la valigia per prendere qualcosa da indossare: Pavel mi aveva tenuta nuda tutta la mattina, anche dopo la doccia.

Emise un morbido gemito di derisione. «Devi sapere che non vengo da un passato danaroso, Kayla.»

Avevo indossato il reggiseno e una camicia turchese a maniche lunghe che mi faceva le tette fantastiche. «In realtà non so molto di te, padrone.» Usai il *padrone* onorifico per evitare che suonasse come una lamentela, cosa che in effetti era.

Dovette percepirlo, perché quando feci per mettere le mutandine guardò oltre e chiese: «Perché indossi le mutandine?»

Le tirai su comunque, tutta impacciata. «Per protezione. Perché al mio padrone piace troppo sculacciarmi.» Risi e quando mi si avvicinò mi allontanai.

«Insolente. Mi piace quando fai la cattiva.» Credevo che mi avrebbe seguita ma lui fece con calma, costringendomi a fermarmi ad aspettare che arrivasse. Mi piazzò le mani sui fianchi. «Toglile.»

Alzai il mento, in un gesto per me di gioiosa sfida. Pavel mi studiò. Per la millesima volta, avrei voluto che non fosse così dannatamente difficile da interpretare. Non riuscivo nemmeno a capire se le mie buffonate lo divertivano o infastidivano.

«Vuoi che ti insegua e te le tolga io, vero?»

Continuai a giocare, sfuggendo alla sua presa con una risata strozzata.

«Mi piace di più quando obbedisci.»

Mi congelò. Ero pronta a guadagnarmi una piccola punizione, a mettermi quindi nei guai, ma non a tutta quella insoddisfazione. «Scusa, padrone.» Feci per toglierle.

Pavel mi seguì. «*Net*, non è vero. Mi piaci sfacciata.» Mi bloccò i polsi e mi tirò contro il suo petto. Persi fiato, e guardai il suo viso duro e bello entusiasta che stesse finalmente giocando. Mi torse lentamente le braccia dietro la schiena, girandomi verso il letto. «È questo che volevi, fiorellino?» mi sussurrò all'orecchio. «Essere costretta?»

«*Sì.*»

Mi spinse il busto verso il basso e mi schiaffeggiò il culo nudo.

«Non credo di poter fingere un rapporto non consensuale.»

«Va bene.»

Non si mosse: mi tenne semplicemente in posizione, sospesa nel suo rifiuto.

«Non è che non mi piaccia, Kayla.» Sembrava un'ammissione. Una confessione. Come se stessi udendo qualcosa di reale, forse per la prima volta. «Mi piace.» Massaggiò via il bruciore che la sculacciata aveva lasciato. «Ho... cazzo. Mi piace troppo.»

Stavo tremando, e per una volta non per la sceneggiata. Ma per la sincerità della sua confessione. Era per questo che si tratteneva sempre? Aveva paura dei suoi desideri oscuri?

«Mi fido di te» gli dissi. Dissentì con un gemito di gola. «Ho una parola di sicurezza. La userei se volessi.» Ero nuova di quel mondo, ma Pavel era stato un partner perfetto.

Mi capiva. Studiava. Prestava attenzione.

Mi massaggiò il culo con movimenti circolari. Rimase in silenzio per quella che sembrò un'eternità, poi alla fine disse: «Sei troppo fiduciosa.»

Per una qualche ragione, allora mi offesi. Adoravo sottomettermi a Pavel, lasciargli gestire completamente lo spettacolo e prendere tutte le decisioni per noi. Ma adesso sembrava che criticasse la mia sottomissione, l'unico apporto che davo io a quella relazione molto limitata.

«Fanculo» scattai.

Pavel confermò l'assoluta validità della mia riflessione mollandomi immediatamente i polsi e facendo un passo indietro. Mi raddrizzai e girai verso di lui, le guance bollenti.

Abbassò le sopracciglia con lineamenti che mostravano confusione.

«Non mettere mai in discussione l'unico mio apporto a questo... *accordo*.» Non riuscivo nemmeno a chiamarla relazione.

Fece un altro passo indietro e alzò le mani in segno di resa.

«Aspetta un attimo, *l'unico*? Cazzate.»

L'attrazione sovrastò la rabbia nel vedere l'irritazione sfondare la facciata fredda di Pavel. A quel punto, qualsiasi sua vera emozione l'avrei accolta a braccia aperte.

Si chinò per prendermi le mutandine e me le porse. Evidentemente adesso avevo il permesso di indossarle.

«Kayla...» Mi infilò la mano tra i capelli. «Il tuo apporto è tutto. Te stessa. Non c'è nient'altro che voglia.»

Mi tirai su le mutandine e infilai un paio di jeans skinny, per un minuto faccia a faccia con lui. In balia delle onde, ondeggiante in acque sconosciute, non sapevo nemmeno cosa volevo.

«Ehi.» Pavel mi mise un braccio intorno alla vita da dietro e mi tirò contro di lui. Mi afferrò i capelli nel pugno. «Dimmi perché sei arrabbiata.»

Mi resi conto che quello era proprio ciò che volevo da sempre. Essere reclamata. Catturata. Non volevo ritrovarmi alla deriva per conto mio cercando di navigare in acque agitate. «Ti comporti come se stessi commettendo un errore e non dovessi stare con te. È come se mi facessi continuamente pendere la nostra fine sopra la mia testa. Non mi piace.»

Rimase in silenzio per un secondo, poi disse: «Reclamo ricevuto e annotato.» Mi morse l'orecchio. Non lo mordicchiò: diede proprio un morso serio. Una piccola punizione per il mio sfogo. Le mutandine mi si bagnarono. Mi teneva ancora prigioniera.

«Scusa, padrone» dissi, ora che mi ero espressa. «Sono nei guai?»

«Sicuramente. Serissimi.»

Mi sarei innervosita, ma avevo colto le fusa nella sua voce. Quella era la relazione non-relazione più caotica che avessi mai avuto. Una passeggiata sul filo del rasoio senza rete, ma con un'euforia che dava dipendenza.

«La terrò in caldo per stasera.» Mi fece scivolare la mano tra le gambe, strofinandomi la cucitura dei jeans contro il clitoride. Ora avevo le mutandine completamente fradicie. «Per il momento, vada per Los Angeles.»

Pavel

La prima cosa che pensai quando mi misi al volante della Camry di dieci anni di Kayla fu che volevo comprarle una nuova auto. Era osceno il desiderio che avevo di coprirla di regali, motivo per cui eravamo al Four Seasons di Beverly Hills invece che in un posticino un po' più ragionevole. Avevo uno stile di vita sontuoso in quel momento, ma nulla in confronto a quello del *pachan*.

Essere stato spedito in America a lavorare per Ravil mentre mi stavo nascondendo era stata la cosa migliore che mi fosse mai capitata. Ravil aveva portato benevolenza, ragione e stabilità quando tutto ciò che avevo conosciuto prima erano stati violenza e caos. Lui si prendeva cura della sua cellula. Vivevamo con stile. Non avevo spese di sostentamento, il che significava che tutti i guadagni diventavano direttamente risparmi. Risparmi che avevo intenzione di utilizzare in Russia per rimettermi in carreggiata quando le cose lì si fossero calmate. Un altro motivo per cui avrei dovuto rompere con Kayla la sera precedente.

Dopo aver smanettato con la radio, si sedette sulle mani accanto a me, lanciandomi fugaci sguardi in tralice.

«A cosa stai pensando?» chiesi. Ecco uno dei folli vantaggi di essere un dominatore. Potevo farla parlare ma senza offrirle nulla. Crudele e sbagliato, lo sapevo, ma era fottutamente perfetto per me. Lo sguardo le tornò al parabrezza.

«Niente. Stavo solo valutando.»

Non sapevo se lasciar trapelare un sorriso, ma era sicuramente lì, nel mio petto. La mia piccola schiava pazza valutava sempre le cose con me, per esser sicura che mi piacessero. «Va tutto bene» le dissi, nel caso in cui fosse stata ancora preoccupata per la discussione in camera.

Sapevo che voleva di più da me. Si aspettava che mi aprissi e condividessi.

Forse non nel modo in cui lei metteva a nudo la sua anima con me, ma almeno qualche briciola. Non era da me. Non lo era mai stato. Ma mentre seguivo le sue indicazioni per l'autostrada, sentii la sua energia nervosa diventare più frenetica. Ne stava facendo un dramma. Una sfera mercuriale di energia, affascinante da guardare e facile da dirigere. Ma anche incredibilmente infiammabile quando combinavo casini e mancavo nel darle ciò di cui aveva bisogno. «Dove stiamo andando?»

Mi lanciò un'altra occhiata, come assicurandosi di aver capito bene.

«A Venice Beach. Va bene? Non so se sei uno da spiaggia...»

«Va bene» tagliai corto. «Voglio vedere cosa ti piace di qui.»

«Non sono una da spiaggia, cioè, non vado a nuotare né prendo il sole, ma mi piace passeggiare lungo il molo. Lì ci vado a pensare.»

Il telefono mi squillò e lo presi dalla tasca.

«Mi dispiace, devo rispondere» dissi a Kayla, e misi il vivavoce perché l'auto non ce l'aveva.

La solitaria voce di mia madre riempì la macchina. «Pavel?»

«*Da, mama*» le risposi in russo. «Va tutto bene?»

«Sì. Solo che... non ho tue notizie da un po'.»

Il senso di colpa mi squarciò il petto: non solo per non averla più chiamata, ma per il fatto di non esserci. Soprattutto dopo quello che avevo fatto. «Scusa, *mama*. Sono a Los Angeles. È una città della California, con una spiaggia» aggiunsi, perché mia madre non sapeva nulla dell'America.

«Ah...» Sembrava smarrita, ma non era una novità. Era smarrita da tutta la vita. Traumi e abusi l'avevano resa assente e introversa. A malapena presente nella realtà. E lei era il mio genitore buono. Non c'era da meravigliarsi che fossi un *mudak* privo di emozioni.

«Io...» Guardai Kayla, che stava ascoltando rapita nonostante non capisse il russo. «Sono con una donna.» Chissà perché glielo dicevo. Stavo rendendo quella cosa con Kayla molto più importante di quanto non avrebbe dovuto essere.

«Ah.» La sillaba sorpresa di mia madre aveva una tinta speranzosa. «È una bella cosa. Sona sicura che sei molto bravo con lei.»

Mi vennero i brividi all'istante, il cuore mi si tuffò nello stomaco. Un'ondata di malessere mi travolse. Immagini di mia madre rannicchiata contro un muro e delle mani mie ricoperte di sangue mi lampeggiarono davanti agli occhi. Io che da ragazzino cercavo di proteggerla. Pensava che fossi un eroe.

Ero buono con Kayla? Ero fottutamente lontano dall'esserlo.

Ero solo un'ombra diversa da mio padre. O forse non

ero affatto diverso, era solo Kayla a essere diversa. Una cui piaceva farsi male. Che si eccitava per il dolore che offrivo a chi amava essere tenuta in ginocchio, servile e dolce. Cambiai corsia, guidando troppo veloce.

«Devo andare, mamma, sto guidando. Ti chiamo quando torno a Chicago, va bene?»

«Sì, certo, Pavel. Prenditi cura di te.»

La melma nel mio stomaco si torse. «Anche tu. Ciao.»

Terminai la chiamata e strinsi troppo la presa sul volante.

«Era tua madre?» chiese Kayla.

«Da.» Risposi in russo perché lo avevo appena parlato, poi mi ricordai di cambiare lingua. «Sì.»

«Sta bene?» Kayla era riuscita a cogliere l'essenza di mia madre nonostante la barriera linguistica.

«No. È...» Mi allontanai, proprio non volendo parlarne, ma Kayla aspettò con quei suoi occhi attenti puntati sul lato del mio viso. «È sola. Le pago le bollette. È depressa, immagino. Ho dovuto lasciarla per venire qui, ma ho intenzione di tornare.»

Ecco, l'avevo detto. L'avevo detto per creare una voragine tra di noi? Per infliggere ulteriore crudeltà, come ero solito fare? O per una volta ero stato semplicemente onesto? Ero sicurissimo di non saperlo. Kayla ci rimase di sasso.

«Quando?»

Deglutii. «Non lo so. Dipende da molte cose.» E Kayla *non* rientrava tra di esse. O almeno non avrebbe dovuto rientrarvi.

E perché improvvisamente avevo la sensazione opposta?

«Quali cose?» insistette, con la voce così bassa che la sentii a malapena con la radio di sottofondo.

«Il *pachan* e un caso di omicidio a Mosca. E i soldi, immagino. Sto risparmiando per sistemarmi lì.»

Non le dissi che anche lei era parte della decisione perché non lo era, eppure la sentii indietreggiare e ne percepii il dolore.

«Avrei dovuto dirtelo prima, immagino. Mi dispiace.»

Le dovevo quelle scuse da ore: fu un sollievo tirarle fuori.

«Beh, quanto presto?» Sentii una sfumatura di panico nella sua voce. «Quando pensi che ti trasferirai?»

Scossi la testa. «Potrebbero volerci mesi, forse anni. Sono già qui da tre.»

«Tre anni?»

«*Da.*»

«Per l'omicidio?» sussurrò.

Una fascia stretta mi strinse alla gola per soffocarmi. «Non chiederlo, Kayla» riuscii a dire vincendola. La gola graffiava ed era ruvida.

Distolse lo sguardo, probabilmente resistendo alle lacrime.

Bljad'.

Mi avvicinai a Venice Beach ed ebbi la fortuna di trovare parcheggio vicino al molo.

Smontai e andai dal lato di Kayla per chiudere la sua portiera dopo che era uscita.

«Ehi.»

La premetti contro la portiera dell'auto, bloccandola con il mio corpo.

«Non ti offrirò di nuovo una via di fuga perché mi hai detto di non farlo, ma voglio che tu lo sappia... rispetterò sempre i tuoi desideri.»

Così potevo resistere alla mia codifica genetica. Non avrei tenuto mai prigioniera una donna finché morte non ci avesse separati. Vidi un misto di paura e repulsione sul suo volto, ma era in guerra con la fede mal riposta che aveva in me, e riconobbi il momento in cui la fede vinse. In un certo senso si era dimessa, come aveva fatto la sera dopo il minimarket. Come se si fosse in qualche modo riconciliata con quello che ero e avesse deciso che aveva ancora abbastanza spina dorsale da rimanere in circolazione. Pazzo, bellissimo fiorellino.

«Lo so.» Sollevò il viso come se avesse voluto essere baciata. Intendevo infatti sfiorarle le labbra, ma invece mi ritrovai a divorarle la bocca con il bacio più spietato mai dato. Il cazzo si indurì contro la sua pancia, e il desiderio di farle ogni sorta di cose terribili più e più volte per il resto della nostra vita mi fece venire voglia di portarla in un'oscura segreta dove incatenarla al mio letto e banchettare con il suo delicato corpo.

Mi costrinsi a indietreggiare perché era pieno giorno e c'erano persone ovunque. Non che a Kayla sembrasse importare. Pareva che volesse seguire il mio esempio indipendentemente dalla mia pazzia. E quello era uno dei migliori motivi del mondo per non lasciarle gestire la relazione. E per spingermi a farla finirla prima di nuocerle.

Ma non volevo, cazzo. E io ero uno stronzo testardo che di solito otteneva quello che voleva. Le presi la mano, aggiustandomi il cazzo nei pantaloni.

«Mostrami il molo.» La voce mi uscì burbera, profonda dal desiderio.

«Sì, padrone.» Mi lanciò uno sguardo adorante che quasi mi fece cadere in ginocchio. Non sapevo come avevo fatto a essere stato così fottutamente fortunato, come mi ero guadagnato la sua fiducia quando non ero stato altro che un cazzone, ma mi sarei assicurato di darle tutto ciò di cui aveva bisogno mentre l'avevo ancora con me.

Meritava tantissimo.

Il molo era gremito, ma ignorammo tutti per giungere

in fondo e appoggiarci alla ringhiera. L'oceano brillava di blu cobalto e bianco schiumoso, luminoso e pieno di speranza come Kayla.

«Sono venuta qui il mio primo fine settimana a Los Angeles. Mi ci sono trasferita per frequentare l'università – ho conosciuto lì Sasha – ed ero davvero entusiasta di vedere l'oceano. Son venuta fin qui in auto da sola per guardare il tramonto. Ed è stato allora che ho promesso a me stessa che non avrei mai rinunciato al mio sogno.»

«Quello di diventare un'attrice?» chiesi. Mi spostai, quindi mi misi in piedi dietro di lei, proteggendola dalle altre persone. O forse semplicemente rivendicando la mia richiesta. Le avvolsi un braccio intorno alla vita e appoggiai l'altro sulla ringhiera accanto al suo.

«Sì.» Spostò lo sguardo nella mia direzione. «A volte penso che dovrei mettermi un limite di tempo. Per esempio, un altro anno e, se non succede nulla, torno a casa. Ma poi ricordo la promessa che la me diciottenne si è fatta, e mi dico che non lo farò mai. Non me ne andrò finché non sarò arrivata dove volevo.»

«E dove?»

Piegò un po' la testa, così le baciai la tempia.

«Dimmi. Tra i grandi attori? Le star di Hollywood?»

«Sì.»

«Ce la farai» le dissi, e non perché sapessi qualcosa dello show business, ma perché volevo che fosse vero. Volevo che Kayla avesse tutto ciò che aveva sempre sognato. Una donna buona e pura come lei meritava di avere il mondo ai suoi piedi. Soprattutto perché le avrebbe riservato delle sorprese. E lei si era fatta il culo per ottenerlo.

«A volte ci credo, a volte no» sussurrò.

«Credici.»

Si girò tra le mie braccia e mi guardò. «Immagino

quindi che avrei dovuto dirtelo già ieri sera. Non posso andarmene da Los Angeles nemmeno per...» si staccò. Pensai che avrebbe detto *amore,* ma mi sospirò quella parola al collo. «Quindi godiamoci quello che abbiamo, no? Mentre ce l'abbiamo.»

Si sciolse un po' contro di me, come se un furioso conflitto fosse appena stato risolto. «Mi dispiace darti l'idea di spingere per avere qualcosa di più. Io non...»

Le misi un dito sulle labbra. «Non sono necessarie scuse.» Le girai le spalle delicatamente in modo che potessimo fissare il mare insieme. Le onde si infransero sotto di noi in una schiuma spumosa. Qualcuno era fuori con una tavola boogie, tentava di cavalcare un'onda.

Avrei dovuto essere felice. Avevamo appena messo fine alla relazione. Non con una data specifica, ma con l'accordo che ci saremmo separati in futuro.

Era quello che volevo. Qualcosa che doveva accadere. Perché allora avrei tanto voluto trovare un pezzo di legno da battere fino a farmi sanguinare le nocche?

5

Pavel

Quando tornammo dal molo, ero pronto per giocare. «Ti voglio nuda, sul letto, ora» ordinai sbottonandomi i polsini. Lo sguardo vitreo e sfocato di Kayla si affinò istantaneamente al mio tono, e si affrettò ad assecondarmi. Si levò tutti i vestiti.

«Ti voglio con le calze e i tacchi» dissi burbero, il cazzo già nuovamente duro ricordando quant'era stata sexy la notte precedente con quelle cose indosso.

Io non mi spogliai, perché era così che ci muovevamo: lei nuda, io vestito il più a lungo possibile. Aiutava a impostare la dinamica di potere. Lei era la mia schiava. Spogliata per i miei occhi. Completamente nuda per me. Fino al morbido marshmallow della sua anima.

Strisciò sul letto con le calze nere e i tacchi a spillo e si inginocchiò al centro, con le mani rivolte verso l'alto sulle cosce, in attesa di istruzioni. Lasciai vagare lo sguardo sulla bella immagine. Sulla posa. Sul corpicino minuto. Sulle giovani tette dai pallidi capezzoli di pesca che si irrigidivano al mio minimo tocco. Memorizzai tutto per quando sarei stato lontano da lei. Mi sarei fatto seghe tutta la settimana ricordando tutti i bei modi in cui mi si era sottomessa.

«Brava ragazza» la elogiai, avvicinandomi e pizzicandole un capezzolo ora appuntito. «Avrei dovuto chiederti prima se hai bisogno di mangiare. Hai fame?»

Esitò e scosse la testa.

«Parla, fiorellino.»

«No, signore.»

«Va bene. Adesso giochiamo. Poi ti do da mangiare.»

Ti do da mangiare. Parole semplici, ma dirle mi colpì. Come se fosse stato il mio animaletto domestico e decidessi se e quando andava nutrita. Il controllo che mi dava – mettendomi a capo del suo corpo, del suo benessere – era una droga potente. Per vivere estorcevo segreti agli uomini, ma fino a un anno prima non avevo mai saputo di essere un sadico. No, era una bugia. Avevo sempre saputo di avere quella cosa dentro. Era per quello che m'imponevo una montagna di regole sul non mettere mai una mano su una donna.

Nessuno dei miei fratelli bratva – o almeno nessuno di quelli nella mia cellula attuale – poteva sopportare di ferire una donna. E io? La mia paura più profonda e oscura era che potessi sopportarlo. Che potesse piacermi. Troppo.

E avevo scoperto che era così.

A peggiorare le cose – o forse a farle funzionare, non ne ero sicuro – ero riuscito a trovare la più dolce e più sottomessa schiava angelica. Il che significava che dovevo essere costantemente vigile per cogliere i segni della mia esagerazione.

Aprii la valigia per prendere i giocattoli. Morsetti per capezzoli per cominciare e un plug anale. Spesso mi piaceva iniziare rivendicando le sue parti più vulnerabili mentre giocavo con il resto.

Le avevo comprato nuovi morsetti per capezzoli, bellissimi fiori che le avrebbero coperto le areole con piccoli bulloni che si stringevano contro i capezzoli.

Mentre mi avvicinavo, a Kayla brontolò forte lo stomaco. Mi fermai e inarcai un sopracciglio, nascondendo il mio divertimento.

«Oh oh. Hai mentito sulla fame?» Lei arrossì, il senso di colpa disegnato sul volto espressivo. I grandi occhi azzurri mi supplicarono. Sapeva che avrei punito la trasgressione.

«Mentire è un reato grave, fiorellino.» I grandi occhi diventarono ancora più grandi e la sua bocca si allentò. Non rispose. Le misi una nocca sotto il mento.

«Dimmi, bellezza. Hai mentito per non deludermi?»

Non rispose. Il suo sguardo da cerbiatto accecato dai fanali sarebbe finito sul conto delle sculacciate per la settimana. «O perché volevi giocare prima di mangiare?» Quando continuò a non rispondere, riflettei di nuovo: «O una combinazione delle due?» Lei annuì e si leccò le labbra, cosa che mi fece diventare il cazzo duro.

«Una combinazione della due, signore» aggiunse frettolosamente.

Adorabile, cazzo. Adorabile tanto da farmi scoppiare il petto.

«Va bene, ecco cosa facciamo.» Andai al comò per prendere il menù del servizio in camera. «Adesso ordino la cena e poi ti punisco per la menzogna. Per quando arriveranno i piatti, spero di aver già finito.» Presi il menù e mi sedetti accanto a lei sul letto per guardarlo insieme.

«Cosa ti ispira?»

Lo esaminò rapidamente.

«Io prendo la Caesar Salad, padrone.»

«Con il pollo?»

«Sì, per favore. Padrone.»

Le sfiorai la spalla nuda con le labbra perché era proprio deliziosa e mi allontanai per ordinare.

«Gli dica di bussare quando arrivano e di lasciarlo fuori dalla stanza» spiegai. Non c'era una cazzo di possibilità che avrei aperto la porta con il rischio che qualcuno potesse vedere Kayla in quello stato, anche fosse stata sotto le coperte o in bagno.

Volevo che si sentisse vulnerabile con me, non col mondo esterno. Inoltre, avrei dovuto uccidere chiunque l'avesse vista nuda. E non dico mica tanto per dire.

Tornai alla valigia piena di giocattoli e scartai qualche altra sorpresina prima di tornare indietro.

«Scendi un attimo dal letto.» Le feci un cenno e lei strisciò verso di me.

Le tenni il gomito mentre ruotava le gambe per mettersi in piedi su quei tacchi sexy.

Mi sedetti sul letto e la tenni tra le gambe. Le sue tette gloriose erano sul mio viso, i capezzoli tesi che imploravano di essere torturati. Ne presi uno in bocca e lo succhiai trasformandolo in un picco ancor più rigido.

Kayla gemette dolcemente.

Dolce piccola schiava.

Le feci scivolare la piastra con il fiore sul capezzolo e strinsi le viti, osservando attentamente il suo viso per capire quando era sufficiente. Quando inspirò con forza e si spostò sul posto, le diedi un secondo per vedere se si abituava o se dovevo fare marcia indietro.

Sembrò abituarvisi, quindi lo lasciai e passai all'altro capezzolo, prima per succhiarlo, facendolo roteare sulla lingua, poi per fissare la piastra sopra la parte superiore e stringendo i morsetti. Piagnucolò un po', la pancia tremò dopo un respiro. Le accarezzai i fianchi passando su e giù con le mani.

«Sulle mie ginocchia, fiorellino» dissi calmo.

Ero il tipo di dominatore dai comandi generalmente morbidi. Più problemi doveva affrontare lei, più mi sentivo tranquillo io. Le rendevo difficile sentirmi, ascoltarmi, assecondarmi.

Si tuffò sulle mie ginocchia, da brava ragazza che era. Scattai un'altra foto mentale… quella visuale era bellissima, cazzo. Le calze avevano dei fiocchetti sulla parte superiore e una spessa cucitura nera che correva lungo il centro delle gambe prima di tuffarsi nei tacchi alti. Le incorniciavano perfettamente il culo nudo. Si spostò e si dimenò un po', sistemandosi i seni sul letto sotto di sé. Adoravo la curva della sua schiena lunga e snella che scendeva dal mio grembo al materasso.

Feci con gran calma: usai il palmo per riscaldarle il culo. Mi piacque il pizzicore sul mio palmo mentre le davo dolore, il che non era da me. Di solito ero uno che si asteneva dal faticare troppo durante gli interrogatori. Mi alzavo a guardare Oleg, il sicario, occuparsi del dolore. Anche con le mie prime partner sadomaso avevo preferito tenere le distanze dai loro corpi per usare invece uno strumento. Le facevo piegare sulla sedia e usavo un lungo bastone: massimo dolore col minimo sforzo da parte mia.

Ma con Kayla era tutto diverso.

In una delle nostre sessioni di sesso virtuale a tarda notte della settimana, aveva confessato che preferiva starmi sulle ginocchia. Le piaceva starmi vicino, anche quando le infliggevo dolore. Ecco ciò di cui si occupava quella donna.

Non era una troia appassionata del dolore. Era una che amava compiacere. Una sottomessa servizievole.

Non quello che pensavo di volere, ma ora che lei era mia non avrei mai voluto niente di diverso.

Mi fermai quando iniziò a stringere il culo e a muoversi come se fosse troppo, poi la accarezzai tra le gambe. Era bagnata, le pieghe gonfie, la figa aperta come un fiore per me. Feci leva sulle natiche e le lasciai ricadere una manciata di lubrificante sull'ano, amando la compressione involontaria dei muscoli. Presi un plug anale d'acciaio inossidabile e iniziai a spingerne la punta nel culo.

«Non mentire mai per dirmi quello che pensi che voglia sentire» le dissi. «Altrimenti non posso prendere buone decisioni come dominatore. Non sono bravo a leggere nel pensiero.»

«Non sono d'accordo, signore» disse dolcemente. «Con tutto il rispetto.»

Carina in modo insopportabile.

Aprì l'ano e spinsi lentamente il plug in avanti. Lei miagolò quando arrivò alla parte più larga.

«Fai un respiro profondo» le consigliai. Quando espirò, spinsi di nuovo in avanti, facendo entrare il plug. «Beh, non ti conosco a fondo, ancora. Ci stiamo ancora conoscendo l'un l'altra, non è vero?» Pompai delicatamente il plug.

«Sì, signore.» Le tremava la voce.

«Devi darmi i fatti, così posso prendere buone decisioni. Se non ne sei sicura, puoi anche dire *ho fame ma prima mi piacerebbe giocare.*»

«Mi dispiace» disse.

«Mmm. Mi piaci dispiaciuta» ammisi, e ripresi a sculacciarla, più duramente stavolta. Gli schiaffi sul culo spingevano il plug, e lei prese rapidamente ad ansimare e gemere per la miscela di dolore e piacere. Quando le ebbi trasformato il culo in una splendida tonalità di rosa, la sollevai per rimettermela di nuovo sulle ginocchia. Gli occhi le luccicavano per le lacrime. Vederle era sempre come ricevere un bel pugno.

Il cazzo mi diventò più duro della pietra ma, allo stesso tempo, avevo bisogno di confortarla. Il fatto che accettasse conforto da me non smetteva mai di lasciarmi il segno. Mi spaccava quasi quanto io spaccavo lei. Le afferrai il culo bollente, massaggiandolo grossolanamente mentre mi sporgevo in avanti e le baciavo la pancia piatta.

«Quelle lacrime sono perché ti ho ferita o sei triste per la punizione?»

Deglutì. «Punizione» mormorò, come se riuscisse a tirare fuori solo una parola.

La accarezzai con il palmo della mano lungo l'esterno della coscia.

«Lo so, sei una che ama compiacere, fiorellino. Non ti piace sbagliare, vero?»

Scosse la testa, ancor più sconvolta.

Qualcosa mi si contorse nel petto. «Vieni qui, fiorellino.»

La tirai a me, aiutandola a salirmi a cavalcioni sulle ginocchia.

Sembrava che le piacesse la vicinanza: si avvicinò per strofinare il naso contro il mio collo, mettendomi in faccia quelle tette gloriose. Ne baciai una di lato e giocherellai con il plug nel suo culo, ruotandolo, pompandolo lentamente.

La sua frequenza respiratoria aumentò e iniziò a gemere dolcemente alla stimolazione. Presto iniziò a scoparsi le ginocchia, strofinando quella figa bagnata sul rigonfiamento della mia erezione. Cazzo.

L'avevo già avuta una volta, ma ero pronto a ripartire. Mi slacciai i pantaloni e tirai fuori di nuovo il cazzo. Affondai nel suo calore per la seconda volta.

«Ti svelerò un piccolo segreto, fiorellino.» La tirai sul mio cazzo in una lenta ondulazione. Si tirò indietro per incrociare il mio sguardo, per dimostrarmi che stava ascoltando. «Non puoi sbagliare con me.»

Sbatté le palpebre. Le lacrime erano scomparse da

tempo, sostituite da una lucentezza vetrosa sulle sue enormi pupille sfocate.

«Punirti mi dà piacere, quindi non sono mai deluso. Non ho bisogno che mi obbedisci ogni volta né che mi leggi nel pensiero né che fai bene. Ho solo bisogno della tua resa, che tu mi dai in modo bellissimo.»

La sua espressione si rilassò.

Scivolai all'indietro sul letto e mi sdraiai, portandola con me.

«Cavalcami, fiorellino. Fammi vedere che raggiungi l'orgasmo»

Mi appoggiò le mani sulle spalle e inarcò la schiena, regalandomi una vista gloriosa dal basso.

Scatto: immagine mentale 3.

In realtà stavolta si trattava di un video mentale. Di Kayla che si portava alla frenesia per il mio cazzo. Dei suoni che emetteva, acuti e disperati. Della curva della sua gola, del rimbalzo delle tette. Le liberai i capezzoli dai morsetti, cercando di cronometrare il dolore che avrebbe provato quando il sangue fosse tornato a circolare insieme all'orgasmo. Ci presi. Dopo pochi secondi rallentò i fianchi. Si tenne il seno e gridò, la schiena si inclinò, la testa ricadde all'indietro. Si fermò completamente mentre i muscoli avevano spasmi e si stringevano intorno al mio cazzo.

Io non venni. Ero troppo preso dal catturare ogni sfumatura dell'orgasmo di Kayla per il mio film mentale. Non c'era niente di più bello in tutto l'universo che guardare il suo orgasmo. Sarei andato nella tomba con l'immagine di ogni singolo orgasmo che le avevo dato. Si esibì in un abbandono totale, lasciandosi completamente andare al piacere. A volte non riusciva a parlare per lunghi momenti dopo, come se la sua mente fosse andata così lontano che ci voleva uno sforzo per riportarla indietro.

«Bellissimo, fiorellino.» La tirai via da me e la capovolsi sulla pancia. Il culo era ancora rosa per la sculacciata, e vederne le impronte delle mie mani mi provocò un'ondata di piacere. Mi misi a cavalcioni sulle cosce ed entrai da dietro, avvolgendo liberamente la mano intorno alla parte anteriore della gola.

Non ebbi bisogno di molto. Guardarla venire era l'afrodisiaco più potente del mondo. Fui pronto nell'istante stesso in cui le entrai dentro. Le tirai la gola, portandola a inarcare la schiena per non soffocare. Emise un grido: c'era una piccola protesta nel tono ma anche un forte bisogno, come se le fosse possibile venire di nuovo in un batter d'occhio.

«Vieni di nuovo senza permesso e uso la cintura» la avvertii.

«Ti prego!» ansimò, frenetica. Anch'io ero disperato. Non risposi, più perché ero vicinissimo all'orgasmo che per farla soffrire.

«Ti prego, padrone.»

«Vieni.» Forzai la parola mentre mi si stringevano le palle. Fui sorpreso di sentire un suono gutturale uscirmi dalla bocca: non era da me rivelarmi troppo. Ma era ciò che quella donna mi faceva. Non potevo farne a meno. Il rilascio era troppo grande. Sbattei indietro e riempii il suo canale con la piccola quantità di sperma che si era rigenerata dall'ultima volta che l'avevo scopata. Fu cento volte più piacevole della prima, ma non c'era modo di scattare foto mentali né di osservare da fuori perché ero lontano come lei, mentre lasciavo che la sua dolce figa spremesse ogni ultima goccia di sborra da me mentre mi mungeva ancora.

Mentre la coscienza mi tornava di nuovo in corpo, mi tirai indietro accorgendomi che la presa sulla gola poteva essere esagerata. Rilassai istantaneamente le dita. Se le avessi lasciato un livido sul collo, mi sarei preso a pugni in faccia.

Ma riusciva a respirare?

Sì. Sì, ricordai che aveva implorato di venire.

Che aveva gridato con me. Ansimato con me. Le abbassai il busto verso il letto, seguendola. La baciai tra le scapole, le spostai i capelli chiari lontano dalla nuca per passarle le labbra lungo il lato del collo.

«Tutto ok?» chiesi tra i bacetti che le piazzai lungo la mascella.

«Sì. Sì, signore» si ricordò di aggiungere. Stavolta non era così lontana. Lo tirai fuori e la feci rotolare sulla schiena in modo da ispezionarle la gola, combattendo la sensazione di malessere nello stomaco al pensiero di quello che avrei potuto fare. Feci scorrere il dito lungo i deboli segni.

«Ti ho spaventata?» Era l'ultima cosa che volevo fare con Kayla. Innervosirla, certo. Renderla desiderosa di compiacere. Ma mai spaventarla. Tutto dipendeva dalla sua fiducia. E che la concedesse così ciecamente, così facilmente, spesso mi faceva venir voglia di distruggere tutto. Non meritavo la fiducia che riponeva in me, e io la usavo per farle del male. Ma a lei piaceva. Era ciò che mi ricordavo quotidianamente, ogni volta che ero pronto ad allontanarmi da quella follia. I suoi occhi erano sfocati, ma lei trovò il mio viso e scosse la testa.

«No, padrone.» Come percependo il mio dilemma interiore, mi rassicurò: «L'ho adorato.»

Cazzo.

Il mio bellissimo fiorellino.

6

Kayla

Stavo ancora tremando quando Pavel mi avvolse nella morbida coperta che aveva portato e recuperò la cena. Non avevo sentito bussare, ma diciamo che ero un tantino occupata. Mi aveva lasciato il plug nel culo, lasciandomi ancora snervata e arrapata nonostante... quante volte avevo raggiunto l'orgasmo? Non riuscivo nemmeno a pensare.

Pavel mise il vassoio accanto a me, scoprì il piatto e me lo mise sulle ginocchia, riuscendo a capire che non avevo ancora le dita abbastanza ferme da raccoglierlo. Lasciò intatto il suo piatto: spostò il vassoio per sedersi accanto a me e attirarmi al suo fianco.

Mi appoggiai a lui, bisognosa della sua forza per stabilizzare la mia oscillazione. Quella era la parte più terrificante di ogni scena. Non erano i nervi a portarmi a quel punto, anche se comunque mi uccidevano. Non era la resa: quella per me era la parte facile. Non era neanche il dolore, quando c'era. E l'umiliazione non mi infastidiva.

Era la vulnerabilità che rimaneva quando era finita. La

sensazione di essere stata aperta e rovesciata, come un uovo crudo nella ciotola. Era allora che la separazione dei nostri corpi – la distanza tra noi, per quanto piccola – sembrava esagerata.

La notte in cui Pavel mi aveva vinta alla ruota della roulette, mi ero completamente smarrita al suo allontanamento.

Ora lo sapeva. Mi restava vicino.

Mi tratteneva finché non smettevo di aggrapparmi a lui. Era quello il momento in cui ottenevo il vero Pavel. O almeno io avevo deciso che quello era il vero Pavel. Non scopriva spesso le sue carte: la sua espressione di solito era scura e cupa o imperscrutabile e vuota. Poteva essere un cazzone. Avevo davvero creduto che fosse quello il suo stato naturale. Ma dopo che mi aveva messa a nudo, mi aveva fatta a pezzi, aveva frantumato le mie difese, dopo che eravamo venuti entrambi, quando ero in pericolo di schiantarmi di brutto, ecco che diventava tenero. Grato. Terribilmente protettivo.

Nei momenti più bui e stanchi, temevo che non gli importasse, ma che agisse così solo perché voleva di più. Faceva ciò che aveva imparato essere necessario per tenermi, né più né meno. Era un sadico, e aveva bisogno di una schiava. Quella non era una relazione, ma un accordo. Mi prese le posate dal tovagliolo di lino e raccolse con la forchetta un bottone di pollo dell'insalata, poi me lo portò alla bocca. Lo accettai, più affamata del previsto. Continuò a nutrirmi fino a quando non votai il piatto, e solo allora prese il suo: un club sandwich che spazzolò in pochissimo tempo.

Lanciai un'occhiata ai lineamenti duri del suo viso. Lui se ne accorse, impassibile come sempre.

Era così che mi puniva. Sempre controllatissimo. Bello. Era piuttosto soave e curato per un uomo ricoperto di grezzi tatuaggi che credevo rappresentare crimini efferati.

«Non sei uno che si arrabbia, vero?» osai chiedergli. Non era loquace per natura. Dovevo spingere e far leva, per ottenere qualcosa da lui.

«Raramente.» Fece scivolare il suo sguardo oscuro verso il mio. A volte percepivo un'espressione addolorata, dopo i giochi. Come se avesse avuto paura di quello che aveva fatto.

In realtà avevo sempre un po' paura di lui, ed era quella la parte eccitante. Ma non sarei mai scappata. Ne avevo bisogno tanto quanto lui. Desideravo ardentemente il tumulto emotivo derivante dall'essere spezzata e rimessa insieme più e più volte da lui. Mi tolse il piatto dalle ginocchia, lo impilò sul suo e li rimise entrambi sul vassoio.

«Prima di tutto, fiorellino, se mai fossi davvero arrabbiato, non ti torcerei un capello. È una promessa.»

Avevo ragione. Si stava assicurando che sapessi che ero al sicuro.

«So che non mi faresti del male.» Chissà perché ne ero così sicura, però.

Era un dominatore troppo coscienzioso per farmi credere che mi avrebbe mai fatto del male con rabbia.

«Sono pericoloso, Kayla.» Mi lanciò uno sguardo che sembrava trasmettere una sorta di avvertimento. Del tipo che la mia opinione di lui era troppo generosa. «Ma non sarà un problema. Non mi arrabbio.»

«Sei vendicativo?» Feci un sorriso strano.

Contrasse le labbra. «Esattamente. Non sono tipo da infervorarsi. Tranne quando il mio cazzo è nella tua bocca.»

Mi regalò uno dei suoi rari sorrisi da cattivo ragazzo. Sembrò più giovane di almeno cinque anni.

Nel vederlo, il cuore mi palpitò.

Pavel

«Meglio che ti porti di sotto per un drink. Sei troppo bella per venir nascosta, anche se darò un pugno alla gola a chiunque ti rivolga la parola.»

La risata di Kayla suonò nervosa, come non sapesse bene se stessi scherzando o meno.

Non scherzavo.

Ero un figlio di puttana geloso e possessivo. Strano per uno che non aveva mai avuto una fidanzata in vita sua.

Ma da quando l'avevo distrutta al Black Light, quando Maxim, mio fratello bratva, mi aveva detto che la possedevo, mi ero dimostrato fottutamente possessivo.

Irrazionale, perché le probabilità che la cosa funzionasse più di altri cinque minuti erano risicate.

Kayla scese dal letto e indossò un altro vestito sexy, stavolta rosso.

«Niente mutandine» le dissi fece per tirarsele su.

Indietreggiò di un passo e si sistemò la gonna del vestito.

«Andiamo, bellezza.»

«Padrone.»

Posò quei grandi occhi azzurri su di me. Stavano supplicando. Il cazzo mi diventò duro come il marmo nonostante fossi già venuto due volte. Ecco cosa mi faceva quella ragazza.

Quando mi chiamava *padrone.*

Quando lasciava che decidessi tutto io.

«Beh?» Alzai le sopracciglia in modo autorevole, facendola arrossire e innervosendola.

«Posso togliere il plug anale?»

Non me l'ero dimenticato. Mi chiedevo quanto potesse sopportare. Se si sarebbe lamentata. Mi piaceva tenerle il culo pronto per il sesso anale. Mi piaceva tenerle il culo tappato in generale, solo per tenerla al limite.

«Inizia a farti male, fiorellino?»

Annuì.

«Vieni qui.»

Mi sedetti di nuovo sul bordo del letto e le tesi la mano. Mi passò tra le ginocchia e, ancora una volta, la piegai sulle mie nella sua posizione preferita. Non le piacevano le torture impersonali. Né che ci fosse molta distanza tra noi. Da uomo che aveva tenuto chiunque a distanza di sicurezza per tutta la vita, adattarmi mi sarebbe dovuto essere difficile. Ma con Kayla no. Se avesse voluto qualcosa, lo avrebbe ottenuto. Perché lei mi dava *tutto*.

Il rossore delle precedenti sculacciate stava svanendo, così la colpii ancora un po', adorando il suo contorcersi, affannarsi e piagnucolare. Afferrai la maniglia del plug e lo estrassi delicatamente, poi lo spinsi di nuovo dentro.

«A chi appartiene questo buchetto, piccola schiava?»

Kayla sussultò per la sorpresa.

«A t-te, padrone» si lagnò.

Lo maneggiai ancora un po', scopandole il culo fino a quando lei non attaccò a scoparmi le ginocchia. «Padrone, ti prego» supplicò.

«Ti prego cosa, fiorellino?»

«Ti prego...» Che pietà che faceva. Avrei dovuto averne compassione, ma invece mi fece solo desiderare altre suppliche.

«Devo... venire...»

«Hai il permesso» le dissi in fretta, perché stava per raggiungere comunque il culmine e non volevo punirla di più.

Cioè, certo che lo volevo, ma non in quel preciso momento. Raggiunse il culmine mentre davo al plug brevi e veloci spinte dentro e fuori dal suo culo.

Singhiozzò per il rilascio, e io la sculacciai ancora un po', per sicurezza.

«Volevo che al bar ti sedessi sul plug, così che ricordassi chi ti possiede.» Schiaffeggiai le natiche alternandole, senza trattenermi molto nell'intensità. «Ma dato che hai bisogno che lo tolga, sarò costretto a farti il culo rosso e caldo.»

«Oooh» gemette, continuando a scoparmi le ginocchia. Smisi di sculacciarla e le massaggiai grossolanamente il culo.

Estrarre il plug richiese persuasione perché con l'orgasmo ci si era stretta intorno, ma vi riuscii.

«Alzati, bellezza.»

Oscillò quando si alzò, sempre su quei sexy tacchi a spillo. La fermai con una mano sul gomito, poi lavai e sterilizzai il plug per dopo.

Kayla era arrossata e sbilanciata, proprio come piaceva a me.

Quando tornai dal bagno, la cinsi da dietro con un braccio e le baciai la tempia.

«Brava» mormorai, perché sapevo quanto quelle parole significassero per lei. Emise un sospiro piagnucolante, rilassandosi contro di me.

Era così preziosa.

Avrei tanto voluto poterla tenere.

La baciai di nuovo.

«Andiamo, fiorellino.» Le presi la mano e la condussi all'ascensore. Al piano di sotto, la sala era piena e vitale. Belli e ricchi, i giovani di Beverly Hills si riunivano tutti lì per bere e chiacchierare.

Non c'erano tavolini, ma scorsi uno sgabello al bancone e aiutai Kayla a salirci.

Si dimenò con il vestito per evitare di far intravedere la topa nuda. Non che fosse pelosa. Si era appena fatta la ceretta, un altro regalo per me. Ero riuscito a segnare la sua pelle liscia e morbida bruciandola con i peli del mio viso. Strinsi il mio corpo contro di lei, la mia mano sulla schiena, chiarendo che era con me. Kayla non sapeva cosa voleva. Avrei potuto ordinare per lei, avrebbe bevuto tutto ciò che avessi ordinato, ma preferivo scoprire cosa le piaceva. Chiesi il listino dei cocktail e glielo lasciai visionare.

«Cosa prendi?» mi fece.

Buffo che volesse saperlo. Mi esaminava sempre per capire cosa volessi da lei. Forse non ora, per il drink, ma erano cose che per lei contavano.

«Vodka con ghiaccio. Sono noioso. A te cosa ispira?»

«Forse il Moscow Mule.» Indicò la descrizione del cocktail. Dolcezza mia…

Allungai le labbra accennando un sorriso. «Bevanda russa. Buona scelta.» Arrossì un po' e si spostò sullo sgabello, ricordandomi che era seduta su un culo nudo e rosso.

Scattai un'altra istantanea mentale. Un giorno Kayla sarebbe diventata famosa, e sarei potuto tornare indietro a quei ricordi pensando *io l'ho conosciuta*.

Riflessione odiosa. Non che diventasse famosa, ma di noi come lontano ricordo. Ordinai i cocktail. Il suo venne servito in una tazza di rame, decorata con un'orchidea e guarnita con delle more. Bevve un sorso e chiuse gli occhi.

«Mmm. Buonissimo.» Che carina, maledizione.

Sorseggiai il mio in silenzio. Mi ci volle un minuto per rendermi conto che la mancanza di conversazione era diventata imbarazzante. Kayla stava giocando con la cannuccia troppo vigorosamente, lanciando occhiate in giro per la stanza.

Bljad'.

Non ero abituato alle chiacchiere. Certo, la chiamavo quando eravamo lontani. Quando tornavo a Chicago e lei era invece lì, ma quelle conversazioni erano guidate dal sesso. Le ordinavo di masturbarsi, così che la guardassi, o di confessarmi tutti i suoi desideri più oscuri. Non le chiedevo del lavoro né della sua giornata. Non avrei saputo nemmeno come fare. Kayla ruotò sullo sgabello per scrutare la folla, poi puntò la sua bella faccia verso di me. «Secondo te sembro la tua puttana?»

Abbassai le sopracciglia. «Cosa?»

Si succhiò il labbro inferiore.

Cazzo. Ecco i momenti che mi scioccavano. Quando scoprivo i pensieri allarmanti che le vagavano in quella sua bella testolina. Cose che non avrei mai preso in considerazione. Come l'aver ferito i suoi sentimenti quando avevo fatto il check-in prima di salutarla.

«No» ringhiai. «Penso che sembri il mio appuntamento bollentissimo. Perché dici una cosa del genere?»

Non rispose. Aveva un piccolo solco tra le sopracciglia perfettamente depilate che avrei tanto voluto strofinarle via. «Che cosa sono io per te?»

Argh. Mi strofinai la fronte, lo stomaco sprofondò. Ecco il momento in cui la lasciavo andare e ci schiantavamo. Avrei dovuto dirle che non significava nulla per me. Che io ero il suo padrone e lei la mia schiava, e che non potevo continuare a venire a Los Angeles ogni fine settimana. Dovevamo diventare qualcos'altro. Le avevo già detto che nel momento in cui era finita, era finita. Stupido però, perché Kayla non era tipo da porre fine alle cose.

Avrei dovuto farlo io.

Dillo.

Subito, prima di approfondire ancora la situazione. Prima di imparare a chiacchierare e a chiederle della sua giornata. Prima che imparasse a dipendere da me.

Perché non ero quel tipo ragazzo.

Ma quegli occhi azzurri senza scrupoli si muovevano su

di me. Non mi stava accusando di essere meno di quello che voleva, non era il suo stile, ma c'era una supplica nel suo sguardo.

Ero davvero pronto a rinunciarvi? A quegli sguardi supplicanti che mi rendevano duro il cazzo? Alla sua costante sottomissione? All'intonazione morbida e sospirante del suo *ti prego, padrone?* Ero disposto ad allontanarmi dalla situazione perfetta?

Cazzo, no.

Non ancora.

Quindi ero uno stronzo ancora più grande.

Alzai le spalle con disinvoltura. «Amanti. Partner di gioco. Dominante e sottomessa.» Potevo solo sperare che bastasse. Che potessimo sostenere l'accordo ancora un po'. Un'altra settimana. Magari un mese. Non ero pronto a rinunciarvi, anche se avrei dovuto. Anche se stava prosciugando tutta la mia attenzione dal lavoro. Anche se stavo usando i miei risparmi spendendo molto quando venivo qui, soldi che avevo in programma di usare come capitale iniziale una volta tornato in Russia. Anche se stavo perdendo la faccia con il capo per le mie frequenti assenze.

Distolse lo sguardo. Le presi mento e le girai il viso verso il mio.

«Di certo *non* la mia puttana. Assolutamente no.»

Mi allarmai quando le lacrime le coprirono quegli occhi da bambola.

«Cosa vuoi che ti dica, che sono il tuo ragazzo? Kayla, io non sono quel tipo. Sono lontanissimo da quel modello. Non... non saprei come rendere giustizia al ruolo.»

Annuì, la gola si mosse mentre cercava di deglutire. Recuperò il drink e si portò la cannuccia alle labbra, succhiandola fino a quando non diede una sorsata rumorosa.

Cazzo. Non mi sentivo così alla deriva da quando mi

ero spinto troppo oltre, insanguinandomi le mani senza ordini, ed ero stato mandato in America. Non mi ero *mai sentito* così, punto.

«Volevi che dicessi questo?»

Abbassò lo sguardo verso la sua bevanda vuota. Feci segno al barista e gli indicai di prepararrgliene un altro, poi appoggiai la fronte sulla sua e affondai le dita tra i suoi capelli. «Non mentire» sussurrai.

Smise di respirare.

Mi tirai un po' indietro per vederle il volto.

Gli occhi le brillavano di nuovo per le lacrime. Per quanto mi piacesse vederla piangere quando giocavamo, in altri contesti le sue lacrime mi distruggevano. Allo stesso tempo mi fecero venire voglia di scappar subito via per ammazzare qualcuno. Non avevo mai imparato a consolare una donna: con Kayla avevo dovuto imparare tutto al volo.

«Kayla, non sto dicendo di no.»

Cristo, ma che mi usciva di bocca? Erano mie quelle parole? Quel finesettimana ero in procinto di rompere, non di intensificare il rapporto.

Le presi il viso e lo rigirai verso di me. «Penso solo che farei schifo in quel ruolo.» Feci spallucce. «Ma ci proverò. Se è quello che vuoi.»

Gospodi, ma ero pazzo?

Girò quei fari blu verso di me. Ora brillavano, ancora luminosi per le lacrime, ma erano tutti per me. Quella ragazza mi distruggeva anche solo con gli occhi. Ogni volta. Le accarezzai dolcemente la guancia con il pollice mentre abbassavo le labbra sulle sue. Le diedi un bacio morbido ed esplorativo. Fu una promessa, come una stretta di mano per sigillare un accordo. Ora ero il suo ragazzo.

Cazzo. Non avevo davvero idea di cosa stavo facendo.

E nessun diritto di promettere cose del genere. Ma quando mi allontanai, la sua espressione mi lasciò senza fiato. «Ora sei felice.»

Annuì.

Nonostante mille dubbi sorrisi, affascinato dal cambiamento che vedevo in lei. Praticamente ne percepivo la gioia nel mio essere, anche se non era un'emozione che ero incline a provare.

Mai.

Gesù, come potevo far funzionare la cosa? Risposta breve: non potevo. Ma dovevo comunque provarci.

«Dovrai essere molto, molto onesta con me.» Le sfiorai il labbro inferiore con il pollice. «Non ho idea di cosa sto facendo, fiorellino. Probabilmente farò un casino.»

Aveva un sorriso compiaciuto e soddisfatto. «No che non farai casino.» Accettò il nuovo cocktail dal barista e sorseggiò dalla cannuccia.

La accarezzai lungo la schiena.

Non sapevo nemmeno cosa ci fosse di diverso, non sapevo cosa significasse la cosa per lei, ma immaginai che avrei fatto meglio a capirlo.

«Quando hai detto che avresti preso a pugni in gola chiunque mi avesse rivolto la parola al bar...»

Non riempii lo spazio vuoto. Non sapevo dove stesse andando a parare.

«Lo faresti davvero?» chiese a bruciapelo.

Alzai le spalle. «Potrei. Sì, potrei, Kayla. Facilmente. Penso che tu sappia di cosa sono capace.»

«Non ho mai chiesto gentilezza.» Sollevò il mento.

Accennai un sorriso dagli angoli della bocca. «Padrone?» Glielo stavo chiedendo, non la stavo correggendo. Era ancora la mia schiava? O adesso che mi aveva spinto nel territorio del fidanzamento, pensava che fosse finita?

Lei però arrossì. Si appoggiò a me, e le sue morbide

tette mi sfiorarono le costole mentre faceva le fusa: «Non ho mai chiesto gentilezza, padrone.»

Dolce come il miele. «Stai attenta a ciò cui dai il via libera, fiorellino. Se è un fidanzato che vuoi, sono possessivo come l'inferno. Ogni uomo che ti tocca è morto.»

La attraversò un brivido, ma aveva gli occhi dolci. Che mi fissavano come se fossi stato una specie di eroe, e non il tipo che la metteva in ginocchio per farla regolarmente implorare pietà.

Kayla

L'indomani mattina eravamo nel patio del Four Seasons a goderci il sole della California e un brunch tardivo. Odiavo la domenica, perché significava che il nostro tempo insieme era quasi finito. Lui sarebbe tornato a Chicago e io all'altra mia vita. Quella in cui non ero una schiava del sesso né la fidanzata di un pericoloso criminale. C'era un tale divario tra i miei due io che riuscivo a malapena a gestirlo.

Ero anche aperta, senza armatura, senza quasi alcuna coscienza di me stessa, perché al piano di sopra Pavel mi aveva appena rivoltata come un guanto.

Ero venuta di nuovo senza chiedere il permesso, così mi aveva allargato le gambe, sculacciato la figa con la cinghia di cuoio e poi mi aveva mangiata fino a quando non ero diventata rauca per le urla. Mi sentivo vulnerabilissima dopo sessioni tanto intense. Il suo posto dall'altra parte del tavolo, a meno di tre metri di distanza, sembrava troppo lontano. Quando gli presi la mano, lui mi toccò le dita e le accarezzò.

«Vieni qui» disse, apparentemente capendo. Mi alzai e lui spostò la mia sedia sul lato del tavolo, proprio accanto a lui. La spinsi ancora più vicino e posai un ginocchio sopra al suo. «Vuoi tornare nella stanza per un altro trattamento?» Era molto paziente e attento con me dopo la scena. Sapevo che non erano i suoi soliti modi, il che rendeva la cosa ancora più avvincente.

Le mie coinquiline avrebbero ribadito che non era affatto normale.

Gli appoggiai la testa sulla spalla. Sapevo che era ridicolo essere così bisognosi. Ma dovevo appoggiarmi a Pavel per assorbire un senso di sicurezza, quando ero così aperta. Mi squillò il telefono. Lo ignorai finché non ricordai che avrebbe potuto essere Lara, e poi affondai le mani nella borsa.

Era lei.

Scorsi sullo schermo per rispondere.

«Ti ho fatta inserire, tesoro» canticchiò. «Mi ci è voluto tutto il fine settimana per convincerli a rispondere alle mie telefonate, ma sei dentro. L'audizione è tra novanta minuti. Ti mando l'indirizzo.»

«Oh!» Sparai un'occhiata a Pavel, che doveva aver sentito, perché annuì e gettò delle banconote sul tavolo.

«Ottimo!» Il cuore mi batteva forte come fossi stata già all'audizione. «Vado. Grazie.»

Pavel si alzò nel momento in cui attaccai.

«Hai un'audizione?» Mi scostò la sedia mentre mi alzavo, come un gentiluomo d'altri tempi. Un comportamento tanto in contrasto con il suo aspetto e la sua solita arroganza da mandarmi un pochino in estasi. Ma naturalmente io in estasi ci ero già.

«Sì, per una serie. Potrebbe essere la mia grande occasione.»

Ero senza fiato. Il cuore stava ancora battendo contro alle costole neanche fossi stata in pericolo di vita. «Mi dispiace, so che queste sono le nostre ultime ore.»

«Non dispiacerti. Ti accompagno.»

«Va bene.» Gli feci un sorriso mentre la mia eccitazione aumentava. «Vado a cambiarmi.» Non avevo portato vestiti adatti alle audizioni, e probabilmente non c'era abbastanza tempo per tornare a casa; quindi passai in rassegna quello che avevo in valigia. Decisi di indossare l'abito rosso della sera precedente abbinato a un paio di Converse, perché era giorno. Una scelta bizzarra che speravo memorabile per il direttore del casting. Pavel impacchettò le sue cose e se ne rimase fuori dai piedi mentre io giravo per la suite, ritoccando trucco e capelli e preparando i bagagli. «Fatto» dissi una volta pronta.

«Sei perfetta.» Pavel impilò entrambe le valigie e le prese con una mano. Con l'altra mi afferrò le dita intrecciandole con le sue. «Ce li hai in pugno.»

Scendemmo con l'ascensore e Pavel fece il check-out mentre io aspettavo che il parcheggiatore mi recuperasse la mia vecchia auto.

Pavel si mise al volante e caricò l'indirizzo nell'app del telefono. Mentre navigavamo dolcemente nel traffico, rabbrividii un po'.

«Hai freddo?» accese il riscaldamento e regolò le prese d'aria.

«No, sono solo...»

Distolse gli occhi dal traffico per guardarmi.

«Sto andando un po' fuori di testa. Sono nervosa. Di solito questo è il momento in cui cerco di canalizzare l'energia di Sasha perché lei non ha paura di nulla.»

Pavel se ne uscì in una risata morbida.

«Sì, Sasha ha un'opinione piuttosto alta di sé stessa.»

Lo guardai sorpresa. «Non ti piace Sasha?»

«Sasha è Sasha.» Fece spallucce. «È la figlia del mio ex capo e la moglie di un fratello. Ucciderei o morirei per lei.»

Sbattei le palpebre, sbalordita da quel suo piccolo scorcio di mondo. Dalla sua lealtà. Dal codice di vita. Ucciderebbe o morirebbe per me? Ricordandolo al minimarket, improvvisamente fui abbastanza sicura di sì.

E come quella notte l'idea, pur spaventandomi, mi caricò.

«Siete amici, però, giusto?»

Pavel fece spallucce di nuovo, come se amico non fosse una parola che avrebbe usato per Sasha. «Perché me lo stai chiedendo?»

Risi un po' di me stessa e poi confessai: «Sono gelosissima di quello che ha con te.»

Mi derise di nuovo. «Non abbiamo niente. È la mia fastidiosa coinquilina. Niente di più.» Il suo sguardo era perplesso. «Sei gelosa? Di Sasha?» Sembrava non riuscire a crederci.

«Lei ti conosce meglio di me.»

«Ah.» rispose parco. «Capisco.» Poi scosse la testa. «Lei non sa nulla. Tu vedi di me più di quanto non mostri a chiunque altro. Non essere mai gelosa di un'altra.»

«Perché non mi inviti mai da te a Chicago?»

Mi lanciò una lunga occhiata. «Perché sono un bastardo e non voglio condividerti. Ma se vuoi venire, sei invitata. In qualsiasi momento, Kayla.»

«Va bene» dissi sottovoce.

«Non c'è bisogno di essere come Sasha per l'audizione» disse, e scorsi un po' di calore nel suo sguardo. «Tu sei tu.»

Sentii delle ali sbattermi nel petto.

«Ho paura perché non mi sento me stessa. Mi sento ancora... aperta dalla scena.»

«Capisco.» Mi prese le dita e le portò alla bocca, baciandone la parte posteriore. «Approfittane. Ti ho chiamata fiorellino la sera in cui ci siamo conosciuti perché pensavo che saresti stata facile da schiacciare, ma sbagliavo. Tu sei un fiore, un fiore che sboccia sotto costrizione. Ti apri per bene. Questo è il tuo superpotere, *malyš*. Quindi usalo. Quando sarai all'audizione, non nascondere quell'apertura. Non c'è persona del pianeta che non si connetta con te quando sei così, punto. E se non ottieni la parte, allora è perché non è giusta per te, non perché non tu non sia assolutamente perfetta.»

Ricacciai indietro le lacrime sbattendo le palpebre, il petto mi si fece caldo e luminoso per le sue parole. In passato mi era stato detto di credere che non si trattava di me, ma solo della parte: noi attori ce lo dicevamo tutto il tempo per lenire il bruciore del rifiuto. Ma stavolta, quando Pavel lo disse, ci credetti davvero. Si fermò davanti all'edificio e feci un respiro profondo.

«Stendili, fiorellino. Mandami un messaggio quando hai finito e ti vengo a prendere.»

«Grazie.» Mi sporsi per un bacio. Fu imbarazzante, perché non mi venne era venuto incontro né aveva cercato di toccarmi, ma mi prese il viso e mi diede un bacio lieve.

«Puoi farcela.»

Scesi dalla macchina. Non sapevo chi ero. Non ne avevo idea. Magari era per quello che credevo a Pavel. Le mie difese si erano abbassate e Pavel mi riteneva perfetta. Non potevo far altro che presentarmi ed essere me stessa.

Pavel

Non sapevo di quanto tempo avrebbe avuto bisogno

Kayla, ma pensai di poter portarle la macchina all'autola-vaggio per una pulita degli esterni e degli interni. Non aveva ancora scritto quando finii, quindi colsi l'occasione per portarla al Jiffy Lube per il cambio dell'olio e la revi-sione, facendo scorrere una banconota da cento dollari nella mano del responsabile per una certa rapidità. Poi guidai per Los Angeles, osservando per la prima volta la città.

Mi resi conto che non sapevo nemmeno dove viveva Kayla. Avevo giocato alla nostra fantasia di dominazione, l'avevo conosciuta al Black Light per poi portarla in una stanza d'albergo nei weekend. Ora però le cose erano cambiate. Scorsi un cartello immobiliare di fronte a un grande condominio e mi venne in mente un'idea selvaggia e ridicola.

Accostai per chiamare il numero.

«Salve, Larry» praticamente gridò un ragazzo al tele-fono. Sembrava che stesse guidando una decappottabile.

«Sì, mi chiedevo il prezzo della proprietà su Wilmont.»

«È un agente?» chiese.

«No. Mi chiamo Pavel Puškin. Sono un investitore immobiliare di Chicago.»

«Cinque milioni e otto. Non glielo mostro finché non mi avrà dimostrato di avere i fondi.»

Ignorai l'ultima dichiarazione.

«Di quante unità si tratta?»

«Sei con una camera da letto e sei con due. L'ultimo piano è composto da una suite attico, e c'è una piscina sul tetto.»

«Quanto sono grandi le unità?»

«Settantaquattro e novantadue metri quadrati.»

«Mi farò risentire» dissi, e attaccai senza ringraziare. Il servilismo non faceva per me. Guardai l'edificio e feci scor-rere i numeri nella testa. Il settore immobiliare era il vero segreto della ricchezza di Ravil. Gestiva operazioni di contrabbando, gioco d'azzardo e usura – punti fermi del business bratva – ma aveva investito saggiamente i suoi soldi. Era riuscito a fare abbastanza – o magari a uccidere le persone giuste per ereditare abbastanza – per comprare il Cremlino, la proprietà sul lungolago di Chicago. Valeva diversi milioni. E ora, con la sua nuova bellissima moglie intollerante al crimine, Ravil aveva guidato l'organizzazione in una direzione relativamente legittima. E poteva farlo perché adesso era un magnate immobiliare, non un signore del crimine.

Mi chiesi per un attimo se Igor' lo avesse finanziato. Non l'avevo mai chiesto perché non era affar mio. Per tanto tempo avevo risparmiato tutti i miei guadagni, in modo da mettermi in qualche modo in piedi quando le cose si fossero raffreddate abbastanza da permettermi di tornare a Mosca. Oh, avrei certo continuato a lavorare per la bratva. L'unica via d'uscita dalla bratva era in una bara, o almeno così si diceva. Ma avere i miei affari – approvati dal *pachan*, ovviamente – era il mio obiettivo. Sasha aveva ereditato qualcosa come sessanta milioni, alla morte di Igor'. Chissà se sarei riuscito a convincerla a sostenermi in un progetto del genere. Che pensiero folle. Perché avviare un'impresa a Los Angeles se mi trasferivo a Mosca?

Beh, il perché era abbastanza ovvio.

Pensavo con il cazzo.

Ma mia madre era sola in Russia.

Senza amici, isolata, depressa.

Per ciò che avevo fatto io.

Quindi pensare di non tornare mi avrebbe reso ancora più spietato di quanto si potesse credere.

Bljad'.

Mi arrivò un messaggio di Kayla, rimisi la macchina in moto e mi spostai davanti all'edificio dove aveva fatto l'audizione per recuperarla. Aveva un'aria calma mentre usciva che mi colpì dritto al petto. Non era il tipo di fiducia che caratterizzava Sasha ma sembrava radicata. Felice. Scesi per aprirle la portiera e lei si appoggiò a me, sollevando il viso con un sorriso e grandi occhi dolci.

«Sei davvero gentilissimo con la tua schiava» fece le fusa.

«La mia schiava se lo è guadagnato.»

Le sfiorai la guancia con il pollice.

«Com'è andata?»

Espirò con un sorriso. «Benissimo. Al massimo. Ho recitato un paio di scene, e una mi ha fatto piangere. È stato perfetto, onestamente. Grazie per il discorso motivazionale di prima. Mi ha davvero aiutata.»

«Non hai bisogno di discorsi, fiorellino. Hai già tutto. Credici.»

Continuava ad appoggiarsi a me; le sue tette premevano morbide contro le mie costole. Al contatto, il cazzo si indurì contro la cerniera. Avrei voluto buttarmela sulle spalle, tornare di corsa nell'edificio e trovare un ripostiglio dove scoparmela di brutto un'ultima volta prima di andare.

Come leggendomi nel pensiero, chiese: «A che ora è l'aereo?»

Feci spallucce. «L'ho già perso. Sicuramente per stasera ne trovo un altro.»

«Vuoi che ti accompagni all'aeroporto?»

Anche quella era una novità. Ci vedevamo sempre al Black Light o all'hotel. Quando finivamo, prendevo un taxi o un carsharing e lei se ne andava.

Sapevo che avrei dovuto dirle di no. Che avrei dovuto chiamare un ride share. C'era qualcosa di disperato e appiccicoso nel fatto che avessimo bisogno di stare insieme fino all'ultimo minuto possibile.

Ma quegli ultimi momenti con lei io li volevo. Anche

dopo quarantotto ore piene e più orgasmi di quanti potessi contare, non era mai abbastanza. C'era qualcosa di completamente coinvolgente in Kayla che mi faceva venire voglia di cambiare tutti i miei programmi.

Le sfiorai le labbra con le mie. «Sì, sarebbe bello. Grazie.»

8

Pavel

Mi alzai dal divano di pelle rossa del soggiorno dell'attico. «Una commedia romantica è troppo?» chiese Story. Era rannicchiata nel grembo di Oleg, dall'altra parte del divano. Aveva scelto il film: *Il tuo ex non muore mai.* Nikolaj era sulla sedia accanto a noi. «No. Va bene.» In effetti, ora che avevamo tre donne in casa il palinsesto televisivo era cambiato in modo significativo.

«È stupido» disse Nikolaj, poi alzò le mani quando Oleg lo fulminò.

«Cioè, ma perché torturare qualcuno a quel modo? Non ha senso.»

«Ti intristisce solo non poter indossare una calzamaglia mentre interroghi i prigionieri» ribatté il gemello Dima. Era alla sua scrivania improvvisata – un tavolo in mezzo al soggiorno – perché gli piaceva lavorare dove c'era tutta l'azione. O perché non riusciva a smettere di lavorare. Probabilmente sarebbe andato in autocombustione, lontano dal computer per dodici ore al giorno.

Non vedevo Ravil, Lucy e il bambino dall'ora di cena,

e Maxim stava scopando di brutto Sasha, in base sul suono ritmico dei mobili che sbattevano contro alla parete della loro stanza. «Torno più tardi» dissi. «Vado a fare una telefonata.»

«Penso che il termine corretto sia video-dominazione» disse Nikolaj. «Mostrami il seno, piccola schiava» mi fece il verso.

Uno di quegli stronzi una volta mi aveva sentito parlare con Kayla, e ora ero un bersaglio facile.

«Devo chiamare mia madre» ringhiai, e poi indicai Nikolaj. «Ti sfido a fare battute su questo, cazzo.»

Alzò le mani in segno di resa. «Non ne avevo alcuna intenzione.»

«Meglio per te.»

Dima alzò la testa e aprì la bocca, ma quando lo fulminai la richiuse. «E nemmeno io.»

«Forse torno.» Uscii dalla porta d'ingresso della suite e arrivai alla mia camera da letto, non collegata all'attico principale. Mi faceva comodo un po' di privacy, dato che non ero il più socievole del gruppo.

Ero irrequieto e agitato da tutta la settimana. La vita che avevo adorato, venerato negli ultimi anni mi sembrava improvvisamente elementare. Non c'era nessuno da uccidere o torturare. Allenarsi e starsene sul divano a guardare la tv coi coinquilini per le ore di riposo bastava. Ora era una noia. Kayla era tutto ciò a cui riuscivo a pensare, ma quella settimana non si trattava solo delle cose che volevo farle. Le torture. La pianificazione di modi per farla urlare. L'acquisto di attrezzi e giocattoli. Quella settimana ricordavo le cose di cui avevamo parlato. *Kayla, non sto dicendo di no.* Ed ecco che in un batter d'occhio ero passato da dominatore a fidanzato.

Perché a lei non ero in grado di dire di no, specialmente quando quei grandi occhi azzurri si riempivano di lacrime. E sì, l'avrei video-messaggiata in serata, non fosse stata impegnata con un lavoro di promoter con le sue coinquiline.

Quando fui nella mia stanza presi il telefono e richiamai mia madre.

«Pavel! Sei tornato dal viaggio? Com'è la ragazza?» chiese in russo.

«È brava. Vive a Los Angeles. Ero andato a trovarla.»

«Ma come l'hai conosciuta? Cosa ci fa lì? Come si chiama?»

«Kayla. L'ho conosciuta a un evento a Los Angeles. È un'attrice. Vado a trovarla nei finesettimana.»

«È una cosa seria.» Sembrava sorpresa. E non lo era neanche la metà di quanto lo ero io. Emisi un verso evasivo.

Sono seriamente intenzionato a legarla e leccarle la figa fino a farla urlare...

Mi schiarii la gola. «Come stai, mamma?»

«Oh, beh...»

«Sei uscita di casa? Hai visto qualcuno?»

«No.»

«Dovresti uscire» dissi, ma sapevo che non lo avrebbe fatto. Aveva paura. Mio padre da vivo non la perdeva mai di vista. Non sapeva nemmeno come si usciva per farsi una vita. Aveva bisogno di sostegno.

Per un attimo il mio pensiero andò a Nadja, la sorella di Adrian. Era stata portata in quel Paese in circostanze orribili, come schiava del sesso. Adrian l'aveva rintracciata e aveva bruciato l'edificio in cui era detenuta. Poi l'aveva vendicata.

Sfortunatamente il bastardo Leon Poval, lo schiavista ucraino, era ancora in libertà.

Ma il punto era che Adrian le aveva trovato un aiuto. Delle videoconferenze con uno psicologo in Russia. Si sentiva al sicuro lì al Cremlino, dove tutti parlavano la sua lingua. Stava iniziando a uscire. Diavolo, Adrian l'aveva persino portata a uno degli spettacoli della band di Story il finesettimana precedente, dopo esserci imbattuti in Story, suo fratello e il resto della band mentre provavano nell'edificio.

«Mamma, ti faccio trasferire negli Stati Uniti.»

«*Net.*» Non esitò neanche.

Il rifiuto non mi sorprese.

«*Da.* In questo edificio parlano tutti russo. Puoi fare amicizia. Ti troveremo qualcosa da fare: la babysitter o magari l'assistente di Svetlana, l'ostetrica. Qualcosa per tenerti occupata. Penso che ti farebbe bene.»

«Non so...» Già meglio di un rifiuto categorico.

«Per favore, mamma. Mi piacerebbe averti più vicina a me, per potermi prendere cura di te.»

«Non ho bisogno che tu ti prenda cura di me.»

«Beh, mi manca la tua torta al miele. Potresti farmela. E ceneremmo insieme.»

Emise un verso evasivo, che presi per un buon segno.

«Pensaci. Organizzo tutto io.»

«Beh...»

«Ti farà bene. Vengo io a prenderti. Se qui non ti piace, ti riporto indietro. Che ne dici?»

«Forse.»

«Bene» dissi. «Ti procuro il passaporto e do inizio alle pratiche burocratiche. Ti voglio bene, mamma.»

«Ti voglio bene, Pavel.» Suonò triste, ma non era certo una novità. La novità era l'idea che potessi fare qualcosa al riguardo.

«Ciao, mamma. Ti chiamo presto.»

«Sì, chiama presto» riecheggiò lontana mentre riattaccavo.

Sbattei la parte posteriore del telefono nel palmo

aperto un paio di volte, valutando la situazione. Avevo bisogno di parlare con Ravil dell'idea. Uscii dalla stanza e tornai nella suite, diretto al corridoio di sinistra, verso l'ala di Ravil. Sentendo Benjamin agitarsi dietro la porta, pensai di poter bussare tranquillamente.

«Avanti.» Lucy, venerabile avvocato difensore nonché nuova moglie di Ravil, se ne stava seduta lì dentro e cercava di allattare il bambino.

Distolsi lo sguardo perché, anche se Lucy non era pudica, pensavo che Ravil mi avrebbe ucciso se avesse pensato che guardavo il seno della moglie.

«Ravil è nei paraggi?» chiesi. Il bambino si attaccò e iniziò a succhiare rumorosamente. Il viso di Lucy si ammorbidì d'amore per il suo bambino.

«In ufficio.» Parlò dolcemente, ma Benjamin si staccò ancora dal capezzolo per alzare il collo e guardarmi. Sollevai la mano.

«Scusa l'interruzione.»

«Non fa niente. Si è agitato e oggi non fa che mangiare. Un altro salto nella crescita, credo.»

Non ero un amante dei bambini. Per usare un immenso eufemismo. Non sapevo bene se avevo preso in braccio il bimbo più di due volte dalla sua nascita, e ci vivevo insieme. Ma fui improvvisamente colpito dalla visione di Kayla che allattava, e una strana forma di desiderio mi piombò addosso.

Bljad'. Mi aveva preso proprio male.

Mi diressi all'ufficio di Ravil e bussai. Stava alla scrivania, guardava qualcosa sul laptop. Il suo sguardo era prevedibilmente freddo. Avevo imparato tutto ciò che sapevo sulla padronanza delle situazioni da lui. Entrai, mi ficcai le mani in tasca e mi appoggiai allo stipite della porta. «Posso interrompere?»

«Sì. Entra.»

Non entrai. Rimasi dov'ero. Forse perché non ero pienamente convinto di ciò che stavo per chiedere. Non sapevo nemmeno se fosse la cosa giusta da fare. O se le mie ragioni erano pure. «Stavo pensando di far trasferire mia madre in America. Per vivere qui.»

Sganciai quella bomba e la guardai atterrare.

Ravil alzò le sopracciglia. Conosceva la mia storia. Sapeva perché Igor mi aveva mandato in America. «Va bene.»

«Non parla la lingua. Non so nemmeno se riuscirò a insegnargliela. Ma abbiamo una bella comunità qui.»

Ravil contrasse le labbra. «Scusa, hai appena detto le parole *bella comunità*?»

Mi sorpresi. «Non che vi abbia mai partecipato. Ma sai, pensavo che mia madre potrebbe farsi degli amici.»

«Certo.»

«La lasceresti vivere al Cremlino?»

«Certamente.»

«Grazie.» Mi allontanai dalla cornice dalla porta, ma esitai prima di muovermi. «Sono solo curioso… hai mai lasciato andare qualcuno?»

La domanda era vaga, ma Ravil capì perfettamente cosa intendevo.

«L'unica via d'uscita dalla fratellanza è in una bara» mi disse.

Certo, lo sapevo. Era il codice bratva. Che però lui stesso aveva infranto. Aveva preso moglie, cosa proibita, e permesso a Maxim di rimanere nella cellula dopo il matrimonio.

«E invece… che ne pensi della possibilità di assegnare a un fratello una nuova posizione? Come quando Igor ti mandò qui, negli Stati Uniti?» Ravil sollevò un sopracciglio. «Igor mi mandò qui per una buona ragione: imbastire una rotta di contrabbando. Dovrei avere una buona ragione per diminuire il numero di componenti della bratva di Chicago. Soprattutto per quanto riguarda quelli della mia cerchia ristretta.»

Beh, cazzo.

Non mi sarei arreso, però. Ravil sapeva essere un duro, ma sotto sotto c'era una benevolenza senza pari. «Non riesco a capire se mi stai dando del filo da torcere per farmi sudare o se mi stai completamente sbarrando la strada» gli dissi.

Ravil aveva una faccia da poker: non si percepiva nulla nella sua espressione. Ma poi disse: «Nessuno ti regalerà la vita che vuoi, Pavel. Devi prendertela tu.»

Mi si accelerò il battito, all'idea della sfida. Avevo intenzione di prendermela, la vita che volevo? Di avere Kayla con me per sempre?

«Diciamo che desideravo trasferirmi, non tornare a Mosca. Per rimanere nella tua cellula, ma operare in una città diversa. Mi permetteresti di imbastire un'operazione altrove? Dietro pagamento delle quote e rispondendo a te, ovviamente?»

«Non ho intenzione di parlare di situazioni ipotetiche. Quando ti sarai deciso, discuteremo del tuo destino nell'organizzazione.»

Lo fissai per un lungo momento, cercando di decifrare il significato delle sue parole. Alla fine decisi di aver avuto il permesso. Perché non potevo credere che mi stesse ficcando una pallottola nel cranio senza un chiaro avvertimento, che in quel caso era fottutamente nebuloso. Avremmo negoziato i termini. Intendeva dire di sì. Esultai nella mente.

«Grazie.»

Annuì.

«*Spasibo*» ripetei i ringraziamenti in russo perché

provavo così tanta fottuta gratitudine che quasi sorrisi, evento molto raro per me.

∼

Kayla

Mi avventurai in cucina per prendere una lattina di soda con un asciugamano avvolto sotto le ascelle. Avevo un'audizione nel pomeriggio, prima del finesettimana con Pavel.

«Hai un bell'aspetto» dissi alla mia coinquilina Kimberly, che indossava un paio di pantaloncini corti con sotto delle calze a rete e una maglietta rossa di una misura per bambini con il nome di una nuova bevanda energetica sulle tette.

«Dovresti venire con noi» si lamentò. Normalmente avrei indossato la stessa maglietta e sarei uscita con le mie tre coinquiline. Eravamo delle promoter. O almeno lo eravamo state. Ma la maggior parte del lavoro si svolgeva il venerdì, di pomeriggio o di sera, il che significava che avevo saltato sette degli ultimi nove eventi.

«Non so come farai a pagare l'affitto, visto che questo mese hai lavorato a malapena» disse.

Chiaro. Erano deluse. Forse gli mancavo. Potevano anche lavorare senza di me. Jagger, il proprietario dell'azienda, aveva appena trovato un'altra per sostituirmi. «Beh, ho abbastanza risparmi per tirare avanti.» Non volevo dirle che Pavel mi aveva dato dei soldi. Non volevo che pensassero che mi pagasse per il sesso. Già trovavano bizzarra la nostra relazione. Kimberly mise le mani sui fianchi. Col suo metro e sessanta e i tacchi da quindici centimetri, mi sovrastava. Io ero poco più di un metro e mezzo, ma come amava dire la mia agente, compensavo le dimensioni col talento e il duro lavoro.

O quella comunque era la strategia.

«Per quanto tempo andrà avanti?» chiese, e mi arrabbiai. Di solito ero io la pacificatrice tra noi. Quella che si assicurava che tutte andassero d'accordo e che ci fosse abbastanza gelato in frigo quando avevamo il ciclo nella stessa settimana ed eravamo pronte ad attaccarci alla gola l'una dell'altra.

«Per quanto tempo andrà avanti la *relazione*?»

Si girò dall'altra parte, come se non volesse mostrarmi il disprezzo sul suo viso. «Giusto. Ovviamente non lo sai.» Aveva ammorbidito la voce, per pietà di me.

Ora ero davvero incazzata.

«Kayla, siamo solo preoccupate per te» disse con il suo nuovo tono morbido, voltandosi per guardarmi con occhi grandi e comprensivi.

«Siete?»

«Sì, siamo» disse Ashley dietro di me. Portava un completino abbinato, solo che aveva tagliato la maglietta in modo da mostrare più pelle. «Siamo solo preoccupate. Cioè, capisco che tu voglia esplorare le tue fantasie, cosa che questo ragazzo fa, ma sembra che ti stia consumando.»

Petto e occhi mi si scaldarono. Mi riavvolsi nell'asciugamano per raccogliere i pensieri. Sheri, la terza coinquilina, si presentò in cucina con un'espressione similmente comprensiva.

Accidenti, ma quella era come una maledetta intromissione.

«Anche tu?» le chiesi.

Fece spallucce. «Non ti sto giudicando. Insomma, io sono la regina delle cattive relazioni.»

Era un eufemismo. Sheri aveva un vero talento nel trovare ragazzi che si sfilavano la fede per portarsela a letto. I traditori la guardavano e capivano al volo che sarebbe stata il diversivo perfetto. «E chi ha detto che questa è una cattiva relazione?» La voce mi suonò stridula alle orecchie.

«Vedi uno che raggiunge l'orgasmo facendoti del male. Capisco che è consensuale, ma solleva alcuni importanti segnali d'allarme, non credi?» Kimberly non aveva certo peli sulla lingua.

«No. Perché?»

«Beh, è solo sesso? Voglio dire, che cos'è?» Ashley scostò una sedia e si sedette al tavolo della cucina come se dovessi metterci comode a parlarne.

Oh, diavolo… proprio no.

«Ci sembra solo che tu stia investendo molto tempo in una cosa che non sta andando da nessuna parte» concordò Sheri, prendendo posto anche lei.

«Vero. Pensavo che sarebbe finita alla fine del mese gratuito al Black Light» disse Kimberly.

«Beh, e invece no» dissi con falsa allegria. «*Una direzione la sta prendendo.*»

Scrollai le spalle, afferrando l'asciugamano quando il movimento lo spostò, e mi spostai dalla cucina alla mia stanza. Ero un'attrice, fingere era nelle mie corde; non che loro non lo cogliessero. Non si poteva vivere e lavorare con tre migliori amiche senza che loro ti conoscessero benissimo. Io e Pavel stavamo approfondendo il rapporto, ma se lui aveva intenzione di tornare a Mosca dovevo prepararmi a un bel crepacuore.

Sheri mi seguì nella mia stanza e si sedette sul letto. Lasciai cadere l'asciugamano e tirai su un paio di mutandine, perché la pudicizia non era da noi.

«Scusa» disse Sheri. «Non doveva sembrare un'imboscata. È stato così?»

«Più o meno.» Ero davanti all'armadio, tiravo fuori possibili outfit per l'audizione.

«Mi stavo solo chiedendo... tipo, dove vuoi che vadano le cose con questo ragazzo?»

Buttai una mezza dozzina di opzioni sul letto e sospirai, fingendo di valutarle, mentre in realtà stavo pensando alla sua domanda. «Voglio lui» ammisi. «Voglio quello che ha Sasha.»

Il padre della nostra ex coinquilina, Sasha, aveva gestito la mafia russa prima di morire, l'autunno precedente. Con un approccio medievale e d'altri tempi, aveva organizzato un matrimonio combinato per Sasha con Maxim, uno dei suoi della bratva di Chicago. Lo avevamo conosciuto quando era scappata dal nuovo marito per uscire a far festa con noi.

Mi era venuto il pallino dell'uomo russo dominante e potente come lui. Quando poi mi aveva presentato Pavel, l'avevo desiderato fin dal primo momento. E il fatto che lui non mi avesse voluta l'aveva reso ancor più attraente.

«Beh, Maxim è sexy. Ma è questo che Pavel vuole? Voglio dire, non vivete nemmeno nella stessa città. Che direzione sta prendendo la cosa?»

Aveva ragione. Non poteva andare molto in là. Eppure sembrava di sì.

«Mi chiedo solo quanto sia fantasia e quanto realtà» disse Sheri.

Avrei voluto limitarmi a una bella scrollata dei capelli bagnati e dirle qualcosa di superficiale e sicuro, ma Sheri mi stava vagliando le camicette per aiutarmi a scegliere quella giusta. Era un'amica, e le amiche erano oneste l'una con l'altra. Il che significava che io dovevo essere onesta con me stessa. «Anch'io» ammisi. Ne presi una che mi tese e la indossai, con una piroetta per farle vedere l'effetto completo. «Ma sto iniziando a conoscerlo, al di là del semplice ruolo di padrone. Boh, mi piace molto questo ragazzo.»

Sheri mi scrutò e poi scosse la testa, consegnandomi senza dir nulla un top diverso.

«Il problema è più che altro che non penso che possa trasferirsi qui, e io non ho intenzione di andarmene da Los Angeles. Quindi non può andare da nessuna parte.»

«Giusto. Ecco perché sono preoccupata per te. Sembra che tu sia già andata molto oltre con questo ragazzo. Stai rinunciando ai turni per vederlo, e non c'è un potenziale futuro. E poi sei triste ogni lunedì per la fine del weekend. Odiamo vederti così.»

E io odiavo che avesse ragione.

«Voglio dire, se ami il sesso stravagante, provaci. Ma devi vederlo ogni finesettimana? Mi sembra un po' esagerato. E se lo vedessi solo una volta al mese, magari?»

Aveva perfettamente senso. Mi mancava fare la promoter con le amiche. Non mi stavo allenando quanto avrei dovuto perché saltavo tutti i weekend e non ero più concentrata sulla carriera. Il mio obiettivo era diventato Pavel.

Un obiettivo estremamente sexy e dominante.

Che non avevo intenzione di mollare neanche per un weekend.

9

Kayla

VARCAI i cancelli e parcheggiai di fronte alla villa hollywoodiana del regista Blake Ensign; abbassai lo specchietto per controllarmi di nuovo il trucco. Quella era la più grande audizione che avessi mai avuto. A quanto pareva l'indomani Ensign sarebbe partito per l'Europa, e voleva assegnare la parte – da protagonista – prima di partire.

Il direttore del casting aveva programmato ventisette provini, per praticità tutti nella sua villa, visto che stava lasciando la città. Il semplice fatto che potessi vedere l'interno della casa di Blake Ensign mi faceva sentire finalmente arrivata. E avevo un'audizione per un ruolo da protagonista! Finalmente avevo la sensazione che le cose stessero prendendo la giusta direzione. Forse Pavel aveva ragione: i miei sogni si sarebbero avverati. Mi diressi alla porta, dove venni accolta da un assistente con un blocchetto.

«Nome?» Non mi guardò nemmeno.

«Kayla Winstead.»

Trovò il nome negli appunti e lo spuntò.

«Aspetta in salotto. Il signor Ensign vi vede una alla volta in ufficio. Per ora ha circa due ore di ritardo.

Argh. Due ore di ritardo. Pavel mi aspettava al Four Seasons.

«Posso offrirti dell'acqua?»

«Ehm, sì, grazie. Ottimo.»

Il cuore mi stava già battendo forte e avevo incontrato solo l'assistente.

«Acqua» gridò a quello che doveva essere l'assistente suo, e mi accompagnò in una gigantesca zona giorno. Il pavimento era composto da piastrelle costose e il soffitto a cupola era a volta, alto almeno dodici metri. Grandi pilastri di marmo delimitavano il perimetro.

«Ciao» dissi nervosamente alle altre sei ragazze in attesa. Due le riconobbi da altri casting. Solo una mi rispose con un *Ciao*. Erano tutte simili a me: piccole, bionde, poco più che ventenni.

Il mio aspetto non era sufficiente a ottenere il lavoro... non che lo fosse mai stato a Los Angeles. Al liceo, nel Wisconsin, mi assicurava ogni ruolo e ogni posto da modella per cui mi candidavo. Ma lì ero il proverbiale pesciolino in un mare enorme. Presi il telefono per inviare un messaggio a Pavel. *Mi dispiace tanto, sono a un casting che potrebbe finire tardi.*

Non rispose, ma probabilmente era già in volo.

Misi via il telefono per fare un po' di respirazione profonda e concentrarmi. Venni chiamata quasi tre ore dopo.

Ero l'ultima della giornata, ed erano già le cinque e mezza. Pavel doveva essere già in hotel; non che potessi pensarci in quel momento.

Feci un bel respiro ed entrai.

Blake Ensign non era alla scrivania, ma su un divanetto. Era vestito da spiaggia, con shorts e una camicia alla Tommy Bahama. Aveva un piede nudo accavallato sul ginocchio.

«Ok, entra. Sei l'ultima, giusto?»

«Sì.» Mi guardai intorno senza sapere dove mettermi. O dovevo sedermi? Non avevo idea di come funzionasse.

«Leggi le battute» ordinò con un gesto. Mi trovavo direttamente di fronte a lui, con in mano il copione. Avevo avuto abbastanza tempo per memorizzare la parte mentre aspettavo, ma avevo paura di incasinarmi, quindi la tenevo pronta: le dita tremanti facevano ballare i fogli.

Lui lesse la parte maschile con una voce monotona e io risposi con le mie battute. Non uscirono benissimo come quando me le provavo a mente nel salottino. E assolutamente non come mi erano uscite al precedente casting.

Tuttavia diedi il massimo, proseguendo per un paio di pagine prima che mi fermasse.

«Va bene, Kayla. Può bastare.»

Stavolta avevo proprio pasticciano.

«Scusi, sono solo nervosa. Alla prima audizione ero andata molto meglio. Posso riprovare?»

«Vieni qui.» Fece un cenno con un dito. Mi avvicinai, ma lui continuava coi cenni.

Mi fermai quando gli sfiorai i piedi coi miei, poi mi guardai intorno per capire dove voleva che mi mettessi. Accanto a lui? Inginocchiata ai suoi piedi?

«Sono una gran lavoratrice. Se mi dà una possibilità, farò tutto il necessario per farle piacere.» A quanto pareva, la scelta di parole fu sbagliatissima. Ensign si riaccomodò e si aggiustò il cazzo come se gli avessi appena fatto venire un'erezione. No, non lo stava aggiustando. Lo stava tenendo. Strizzando.

Oh Dio, non riuscivo a distogliere lo sguardo! Il cuore mi martellava nel petto.

«Tutto il necessario, eh?» disse con voce insinuante. «Proprio quello che mi piace in un'attrice. Anzi: una delle caratteristiche più importanti.»

Oh mio Dio. Ero finita in una situazione alla #MeToo. Non poteva essere vero. Ti prego, no.

Mi agguantò per il polso e mi tirò la mano fino al suo cazzo, coprendomi le dita per farmelo stringere.

Oh merda. Oh merda, oh merda, oh merda.

Non sapevo cosa fare. Cioè, sì che lo sapevo. Dovevo dargli uno schiaffo in faccia e andarmene. Giusto? Certo, era quello che avrei dovuto fare. Ma bruciarsi ponti a Hollywood sarebbe stato un terribile errore. Quindi avevo bisogno di uscire bene dalla situazione. Se possibile.

«Mostrami come pensi di farmi piacere» disse.

Mi venne da vomitare. Letteralmente. Il contenuto del mio stomaco vuoto si agitò mentre tiravo via la mano. Inciampai all'indietro. «Con il mio talento» dissi velocemente. «Le farò piacere col mio talento. Lo p-prometto.»

«Sì, e adesso mi piacerebbe proprio sperimentare questo tuo talento.» Lo disse scurissimo di sé. Come se ogni altra attrice entrata glielo avesse succhiato.

Lo avevano fatto?

O ero la sola fortunata della giornata?

Aspetta: ma perché me lo stavo chiedendo? Non importava, avevo solo bisogno di tirarmi fuori da quella situazione. «Beh, non...» Cercai di deglutire. «Devo andare. Mi dispiace, ma la cosa non può funzionare...» Puntai dritta alla porta.

«Sicura? Potrei aprirti molte porte, Kayla Winstead.»

Mi odiai anche solo per aver esitato. Cioè, mi odiavo davvero, veramente. Ma volevo tantissimo realizzare il mio sogno… mi girai con gli occhi brucianti di lacrime. «Grazie, ma preferisco arrivarci in un modo diverso.»

Perché l'avevo persino ringraziato? Ma dai. Cosa c'era di sbagliato in me? Aprii la porta e inciampai, ignorando l'assistente, che era al telefono, e l'assistente dell'assistente, anche lui al telefono.

Aprii la porta d'ingresso e corsi fuori, dritta verso l'auto. Una volta montata feci retromarcia il più velocemente possibile. Solo quando fui in strada scoppiai in singhiozzi. Avevo bisogno di parlare con un'amica. Avrei potuto chiamare una coinquilina, ma qualcosa mi spinse invece a chiamare Sasha. Era la donna più forte che conoscessi. Mi avrebbe fatta sentire meglio. Nel momento in cui rispose, mi sentì tirare su col naso.

«Kayla? Che c'è? Pavel ti ha fatto qualcosa? Lo ammazzo.»

«No, non è Pavel. Dovrei essere con lui in questo momento, ma...»

«Ma cosa? Cosa sta succedendo?» L'accento russo di Sashasi fece più marcato per l'urgenza.

«Sono appena stata ... molestata a un casting.» Tirai su col naso.

«Oh, cazzo!» Sasha aveva un modo davvero carino di dire cazzo. Adoravo il suo accento. «Cosa è successo? Stai bene? Devi andare alla polizia.»

Inspirai. «No. Non voglio andare alla polizia. In realtà non è successo nulla. Voglio dire, non mi ha fatto violenza. Erano solo molestie. Voleva che gli facessi un pompino per dimostrargli fino a che punto mi sarei spinta per compiacerlo.»

«Che cazzo! Mi dispiace tanto. Dio, non dirlo a Pavel o lo ammazza proprio.»

Tirai su col naso, ma i singhiozzi si placarono quando

improvvisamente mi concentrai sulle sue parole. «Ehm, quando dici *letteralmente*...»

«Voglio dire... seriamente, Kayla: Pavel lo ammazza. Tipo che gli spara in testa e lo uccide. Gli uomini bratva sono seriamente intenzionati a proteggere le loro donne.»

Mi accelerò il battito.

«Non... non posso permetterlo. Mi ha già detto che è ricercato per omicidio in Russia. O almeno questo mi sembrava il sottinteso.»

«Davvero? Non lo sapevo. Ma è così che dovrebbe essere: non dovremmo sapere queste cose. Onestamente, non credo che glielo direi se fossi in te. Vorrà vendetta. Pavel non è un tipo che perdona, questo lo so bene.»

Mi asciugai le lacrime con una mano mentre guidavo con l'altra. Probabilmente non avrei dovuto guidare nello stato in cui mi trovavo.

«Penso che dovresti denunciarlo con un #MeToo sui social» dichiarò. «Potrebbe farti guadagnare punti di simpatia e farti ottenere altre audizioni. Usa la cosa a tuo vantaggio svergognandolo allo stesso tempo, cazzo.»

«Non lo so...» dissi lentamente. Avevo ancora paura di venir inserita nella lista nera.

«Beh, in realtà Pavel potrebbe vederlo, e questo potrebbe ritorcertisi contro. Non importa. Pessima idea. E poi, insomma, se vuoi che Pavel lo uccida, mica ti giudico. Avere dei guerrieri che ti ammazzino i draghi non sarebbe male.»

«No» dissi rapidamente. «Dio, no. Non vorrei mai essere la ragione per cui uccide. Insomma, assolutamente no.»

«Certo che no. Beh, magari cancella il finesettimana con Pavel, se non sei nella condizione di vederlo. Digli che stai male. Non deve farsi succhiare il cazzo ogni singolo weekend, giusto?»

Per una qualche ragione, al pensiero di non vedere Pavel mi attraversò un vortice di ansia.

«No, non fa niente. Sono un'attrice. So come cambiare umore o fingere.»

«Sicura? Insomma, penso che tu abbia bisogno di un grande abbraccio in questo momento, non di Pavel il dominatore.»

In realtà, il pensiero di immergermi direttamente in quel ruolo – la fantasia in cui non dovevo far altro che arrendermi – mi sembrava perfetto. «No, sto bene. Grazie della chiacchierata. Sapevo che c'era una ragione per cui volevo chiamare te e non Ashley o Kimberly.»

«Va bene. Ti mando un abbraccio virtuale. Richiamami se vuoi parlare ancora, ok?»

«Certo, grazie.»

Chiusi la chiamata proprio mentre entravo nel parcheggio custodito del Four Seasons. Tirai giù lo specchietto e mi pulii sotto gli occhi. Ero una schifezza, ma magari potevo dire a Pavel che prima avevo bisogno di una doccia. Sapeva che venivo direttamente da un'audizione durata a lungo. Raddrizzai le spalle, presi la borsa dal bagagliaio ed entrai in hotel. Sfoggiai un bel sorriso, cercando di alleggerirmi l'umore. In qualunque caso, non potevo far sapere a Pavel la verità.

Pavel

Ero al balcone della camera che cercavo di rilassare le dita. Kayla era in ritardo di ore e non aveva risposto ai miei ultimi due messaggi sul check-in. La necessità di salire in macchina per correre subito a verificare che fosse illesa aumentava circa ogni cinque minuti, ma ovviamente non sapevo dove andare.

Dannazione. Avrei dovuto metterle un dispositivo di tracciamento nel telefono come avevano fatto Ravil e Maxim con le loro donne. Io avevo scelto di non farlo perché controllavo già tanti aspetti della vita di Kayla, e poi lo vedevo come un tradimento della sua fiducia. Lei si donava liberamente, e non avrebbe mentito. I miei nemici erano a Chicago, non lì, quindi non pensavo che la sua sicurezza fosse in discussione.

Perché poi rintracciarla? Il telefono emise un segnale acustico segnalando un messaggio in arrivo. *Appena arrivata. Scusami tanto, padrone; l'audizione è andata davvero per le lunghe.*

Grazie, cazzo. Espirai aria che non sapevo di trattenere ed entrai in camera. Che voglia di scendere per andarle incontro e portarle la borsa, ma non sapevo da che parte arrivasse, quindi aspettai che bussasse alla porta. Aprii, tutto pronto per darle il bel comando di togliersi i vestiti, quando mi resi conto che era di pessimo umore.

Evitò il mio sguardo, abbassando la testa mentre mi superava. Le presi la valigia e la portai al mobiletto.

«Scusami tanto il ritardo.» Incrociava a malapena il mio sguardo.

Aveva gli occhi rossi? Ma cosa diavolo era successo?

La presi per i fianchi e la ruotai per averla completamente davanti a me.

«Ehi» dissi dolcemente, aspettando che si rilassasse sotto le mie mani. Sotto il mio sguardo. Ma non lo fece. «Cos'è successo?»

Si girò per liberarsi della mia presa e piazzarsi di fronte alla valigia.

«Niente. Solo una brutta audizione, tutto qui. Ed ero stressata perché sapevo che stavi aspettando.»

Volevo dirle che stavo bene, che non doveva stressarsi per me, ma qualcosa non mi tornava. Ero fin troppo allenato a tirar fuori la verità dai bugiardi.

Era una brava attrice, ma c'era qualcosa che non andava, e non si trattava solo della mancanza di sottomissione.

«Ehi.» Rimasi dov'ero. «Voltati.»

Si bloccò: altro segnale. Il formicolio mi salì fino alla nuca. Che cazzo stava succedendo? Quando si girò, i suoi occhi sembravano quelli spalancati di un coniglio, ma più spaventati che desiderosi di compiacere. Non mi piaceva quella sua versione.

«Mi hai *mentito*?»

Le mie parole sembrarono togliere tutto l'ossigeno dalla stanza. Ci fu una sensazione di crollo, come se in un ascensore che precipitava rapidamente.

«Pavel...» Ancora una volta, la risposta sbagliata. Diventai di ghiaccio. Mi risuonarono dentro degli allarmi, di cui però ignoravo il significato.

«Perché hai mentito?» La mia voce era davvero morbida, poco più di un sussurro.

«Ho avuto una *brutta* audizione» insistette.

Le credevo, ma aspettai, perché sapevo che cercava di nascondere qualcosa. «C-cosa ti fa pensare che stia mentendo?»

Gospodi, ora mi stava davvero facendo impazzire. Entrai nel suo spazio e le presi il mento nel tentativo di farle uscire da quella bella bocca tutto ciò che aveva nel cervello.

«Rilevo bugie per vivere» le dissi. Ci fissammo l'un l'altra per un momento. Il suo battito, in gola, era frenetico. Non riuscivo a decidere se quello fosse un momento da dominatore o da fidanzato. Dovevo minacciare di punirla se non avesse parlato? Decisi di essere diretto. «Di' la verità.»

«Al casting sono stata molestata. Il regista voleva che gli succhiassi il cazzo per dimostrare quanto volevo la parte.»

Le mie narici divamparono ed emisi una serie di imprecazioni in russo. Quell'uomo avrebbe pagato. Ma...

«Perché non volevi che lo sapessi?»

«Io...» Si interruppe e deglutì.

Continuava a nascondermi qualcosa. Un enorme allarme mi risuonò nella testa. Tutto lampeggiava mentre abbassavo le sopracciglia. «Aspetta un attimo... l'hai fatto?»

Non riuscì a mascherare l'indignazione. Mi schiaffeggiò forte la faccia, e mi investì una sensazione di sollievo.

«Scusa.» Le presi il polso e portai le sue dita alle mie labbra per baciarle. «Scusa, Kayla. Certo che no.» Scossi la testa, cercando ancora di dare un senso alla situazione. «È solo che mi hai mentito guardandomi in faccia. Mi hai spaventato a morte.»

Le si riempirono gli occhi di lacrime.

«Perché non volevi che lo sapessi? Cos'ha fatto?»

Resistette ancora, abbassando il mento e tirandosi un po' indietro. Si strofinava le mani su e giù per le braccia, come infreddolita.

«Come si chiama?» Kayla scosse la testa.

«Non vuoi dirmelo?»

Non intendevo mettere un accento pericoloso su quelle parole, ma lei al mio tono si tirò indietro, andando a colpire la valigia con il culo. Le tenevo ancora il polso, e usai la presa per stabilizzarla. Si bagnò le labbra.

«Sashaha detto che lo avresti ucciso.» Emisi una risata priva di umorismo mentre la sua riluttanza alla sincerità improvvisamente aveva perfettamente senso. Ma poi l'idea che Sasha pensasse che avrei ucciso quel tipo – che meritava di morire per quello che le aveva fatto – affinò la parte spietata di me fino a un punto letale.

«Il nome.» Era un comando, e non le sfuggì il tono.

Deglutì. «Hai intenzione di ucciderlo?»

«Ti ha toccata?» Era morto, cazzo, se lo aveva fatto.

Scosse ripetutamente la testa, ma poi lo disse. «Ha... ha messo la mia mano sul suo cazzo, s-sopra gli shorts. Ma quando mi sono allontanata mi ha lasciata andare.»

Annuii lentamente, pensando a cosa avrei fatto a quel succhiacazzi.

«Significa che lo ucciderai?»

Feci un respiro lento e poi scossi la testa. Kayla non lo voleva. La sua anima era troppo pura per averlo sulla sua coscienza. «Cosa vuoi che faccia?»

La sua espressione era incerta. «Per favore, non ucciderlo.»

Riflettei sulla cosa e annuii. «Se non lo vuoi morto, rispetterò la tua volontà. Hai la mia parola. Ma farò in modo che tu sia l'ultima donna con cui tenta queste merdate.» Aspettai che si rilassasse, poi la tirai lentamente tra le mie braccia. «Stai bene, fiorellino? Mi giuri che non è successo altro?»

Mi avvolse le braccia intorno alla vita, premendo il viso sul mio petto. Le baciai la cima della testa. Quando non rispose, dissi: «Parlami.»

«Sto bene. È stato sconvolgente, ma sto bene. E poi ci sei tu.»

Le ultime quattro parole fecero qualcosa di sconosciuto al mio cuore. «Dimmi di cos'hai bisogno.»

Alzò la testa e mi scrutò. Era di nuovo morbida, flessibile e totalmente sottomessa.

«Solo di te» mormorò. «Di noi. Di essere la tua schiava stasera.»

«Uhm.»

Le portai il mento verso l'alto, cibandomi della sua resa incondizionata come fosse stata il carburante che mi teneva in vita. Per la testa lampeggiavano le scintille di elettricità che c'erano fra noi e una foschia di idee sporche.

«C'è sicuramente una punizione in arrivo, per la menzogna. Ma prima ti nutrirò e mi assicurerò che tu stia bene.»

Le pupille le si dilatarono e i capezzoli spuntarono attraverso la camicetta rossa dallo scollo rotondo. «Non ho ancora fame. Davvero. Voglio solo giocare.»

«Vieni qui.» Le presi la mano e la condussi in bagno, dove aprii la doccia. «Spogliati.»

Immediatamente impaziente, si tolse i tacchi e si liberò del top e dei pantaloni. Mi appoggiai al ripiano per guardare reggiseno e mutandine scivolare via, e il cazzo mi si allungò nei pantaloni.

«Lava via la tua giornata, fiorellino. Fa' con calma.»

«Sì, padrone» mormorò a testa china.

Mi meravigliai della voglia di baciare quel capo chinato. Di quanto mi avesse insegnato a essere affettuoso in poche settimane. Quella prima notte al Black Light, dopo che l'avevo distrutta come sapevo che avrei fatto, la voglia di andarmene, cazzo, di scappare era stata fortissima. Ma Maxim mi aveva indirizzato di nuovo verso di lei. Aveva detto che a quel punto la possedevo. Che era mia. E quel peso, quella responsabilità sembrava leggerissima e pesantissima allo stesso tempo. Non avevo mai tenuto con me una donna prima di quella notte. Avevo scopato. Avevo fatto qualche scena con alcune donne, anche se ero nuovo del mondo sadomaso. Ma Kayla si era raggomitolata in una coperta tra le mie braccia, bisognosa di essere stretta, e mi aveva cambiato per sempre.

Qualunque cosa richiamasse in me, mi rendeva riluttante ad andarmene. Nella migliore delle ipotesi, quella relazione era impraticabile, per lei probabilmente malsana, eppure eccomi lì per il settimo finesettimana di fila, più coinvolto di quanto non fossi del mio prossimo respiro.

Rimasi dov'ero a osservarla attraverso il box in vetro,

godendomi la vista per un po', poi mi diressi in camera per prepararmi per la scena. La parte che mi disturbava. Il mio entusiasmo nel ferire Kayla. L'incredibile erezione che mi veniva quando piagnucolava, quando supplicava. Il sentirmi come una montagna all'idea di punirla e poi di calmare tutto.

Le giustificazioni che avevo in testa – che lei lo volesse, che lo aveva chiesto, che anche a lei piaceva – arrivavano solo fino a un certo punto. Aveva appena avuto un'esperienza sconvolgente. Abbastanza dolorosa da farla piangere.

Avrei dovuto davvero andare avanti?

Però mi aveva detto che era quello che voleva. Sembrava eccitata.

E aveva una parola di sicurezza. Continuavo a ripetermelo.

Aveva una parola di sicurezza e non voleva che le ricordassi che era libera di varcare la porta ogni volta che voleva.

Quindi stava a me capire come darle ciò di cui aveva bisogno.

Mi preparai alla scena.

Chiuse l'acqua della doccia. Kayla non perse tempo. In pochi minuti uscì dal bagno, il corpo nudo arrossato dal calore della doccia. La guardai dalla poltrona vicino alle porte scorrevoli in vetro venire da me con un'occhiata furtiva agli attrezzi e ai cuscini che avevo steso sul letto prima che si inginocchiasse ai miei piedi.

Scattai un'istantanea mentale di un'altra magnifica foto.

I capelli bagnati di Kayla le ricadevano sulle spalle, perdendo rivoli d'acqua che le scivolavano sui capezzoli appuntiti.

Si sedette sui talloni: le cosce aperte invitarono le mie

dita ad accarezzarla tra le gambe per scoprire quanto la bagnasse sottomettersi a me.

«Scusa se ho mentito, padrone» mormorò. Dubitavo che uno di noi fosse chissà quanto dispiaciuto, al momento. Ma volevo sottolineare il punto. Avevo quasi soffocato il cuore per un minuto pensando che fossimo arrivati alla conclusione. Non capendo perché dovesse cercare di ingannarmi.

«Grazie.» Non la toccai, non ancora, anche se vedevo che lo voleva. Si sporse in avanti, il bel viso inclinato verso l'alto, gli occhi piazzati sul mio viso.

«Non tenermi più all'oscuro delle cose, fiorellino. Io non ti mento; mi aspetto lo stesso rispetto. Non mentiamoci.»

Annuì. «Sì, padrone.»

«Senti, non voglio che tu abbia paura di me. Mi piace dirigere lo show, ma questo non significa che non rispetterò i tuoi desideri.»

Sbatté le palpebre. «E se volessi che tu non facessi nulla?»

Bljad'.

Voleva che lasciassi andare il tizio? Col cazzo. «*Net.* Chi ti mette le mani addosso ne risponde a me, fine della storia. Sei mia, Kayla. Ciò significa che ti proteggerò fino alla morte.»

Spostò il sedere sui talloni, come se ciò l'avesse accesa.

«Sì, padrone.» La sua voce era morbida e dolce come il miele.

Mi slacciai i jeans. «Mostrami che ti dispiace.»

10

Kayla

Un brivido di piacere attraversò Pavel quando gli leccai la cappella e poi glielo presi in bocca. Adoravo succhiargli il cazzo. Amavo quanto mi facesse sentire sottomessa, quanto fosse glorioso quell'estremo gesto servizievole. Stavolta però ero determinata a regalargli il miglior pompino della vita. Ero fatta proprio per dare piacere. Odiavo percepire la sua delusione nei miei confronti, e il bisogno di uscire dai guai e guadagnarmi le sue lodi mi spingeva a usare tutte le frecce al mio arco. Andai più in profondità, rilassando lentamente il riflesso del vomito finché non mi presi l'intera lunghezza in gola.

Mi afferrò i capelli nel pugno, ma non emise suoni. Quel ragazzo si tratteneva sempre. Cosa che mi spingeva a insistere ancora. A volte avevo creduto di annoiarmi con un ragazzo gentile con me. Di certo non ero mai stata attratta dai bravi ragazzi.

Non che Pavel fosse cattivo. Era attento, e aveva un alone di rispetto anche quando era completamente irrispettoso. Si prendeva cura dei miei bisogni. Solo che... non era gentile. Ma a chi importava?

Ad alcuni la brutalità piaceva. E non c'era niente di sbagliato in questo, malgrado l'idea delle mie coinquiline.

Succhiai forte, tirando lentamente indietro la bocca, ascoltando il respiro pesante di Pavel, percependo la presa delle sue dita tra i miei capelli. Aspettai abbastanza a lungo da creare urgenza prima di riprendermelo tutto in bocca, in gola. Emise un gemito. Mi bagnai anche solo per il suo piacere, per il mio atto servile, per aver assunto il ruolo della schiava.

Il respiro di Pavel si affannò mentre iniziava a guidarmi delicatamente la testa, e poi alla fine prese il sopravvento e diresse l'azione con il pugno tra i capelli. Quasi venni quando si strozzò e poi gemette, sparandomi la sua essenza in gola. Il sapore salato brucò un po' e mi tirai indietro per deglutire. Mi pulii il viso con il dorso della mano.

«Padrone?»

Avevo scelto strategicamente il momento. Era sempre più generoso dopo che era venuto o dopo che mi aveva spezzata.

Mi guardò con quegli occhi freddi e grigi. Sapevo che gli era piaciuto, perché era appena venuto, ma non gli si vedeva in faccia.

Dato che non rispondeva, proseguii: «Posso mettermi sopra le tue ginocchia per la punizione?»

Avevo visto che aveva steso dei cuscini al centro del letto, e sapevo esattamente come intendeva usarli, ma avrei preferito di gran lunga l'intimità di trovarmi sulle sue ginocchia, di stargli vicina, soprattutto perché quella era una vera punizione. O almeno così pensavo.

Era difficilissimo capire se c'era qualcosa di reale, con Pavel.

Le mie emozioni erano reali però, ecco ciò che

contava. Ero già vicina alla rottura e lui non aveva nemmeno iniziato. Desideravo ardentemente la connessione con lui.

«È quello di cui hai bisogno?» Mi sfiorò il labbro inferiore con il pollice e il mio corpo rispose come uno strumento nelle mani di un musicista.

«Ti prego, padrone.»

«*Da*. Vieni qui.» S'infilò il cazzo nei pantaloni e si alzò, sollevandomi per i polsi per mettermi in piedi. Andò alla valigia e ne prese una piccola racchetta tascabile, rotonda come quelle del ping pong e abbastanza grande da colpire un sedere. Non l'aveva mai usata su di me prima, e un brivido di eccitazione e paura mescolate insieme mi corse lungo la spina dorsale.

Andò a sedersi sul bordo del letto e mi tirò su un ginocchio, mettendomi con il busto appoggiato sul letto.

«Prendi un cuscino, fiorellino.»

Ne afferrai uno di quelli ammucchiati al centro e me lo ficcai sotto il petto, appoggiandoci sopra la guancia.

Mi sculacciò con la mano. I primi schiaffi furono duri, abbastanza rudi da togliermi il fiato. Me ne diede cinque e poi si fermò per prendere qualcosa. Mi preparai per i suoi piani. Mi rilassai quando sentii qualcosa di duro e arrotondato all'ingresso del sesso. Spinse un piccolo vibratore bullet e lo girò verso basso.

Stavo già gocciolando di desiderio, e il vibratore ebbe l'effetto di risvegliarmi tutta la regione pelvica. Alla successiva espirazione emisi un gemito. Pavel non smise di riempirmi la figa. Mi allargò le natiche e mi lasciò cadere una goccia di lubrificante sull'ano. Sussultai, irrigidendomi per la sorpresa della sensazione.

Pavel fece rotolare l'estremità arrotondata di un plug anale in acciaio inossidabile contro il mio culo, quindi lo spinse dentro. Gemetti alla pressione.

«Prendilo» ringhiò. Mi sforzai molto di rilassarmi, forzando un'espirazione lenta e rilasciando gradualmente la tensione nei muscoli dello sfintere. Non appena si rilassarono, lui lo fece entrare. Fu una miscela pazzesca di piacere e dolore: l'anello di muscoli che si allargavano per aprirsi bruciava, ma la sensazione era in contrasto con il ronzio al punto G e la pienezza interna mentre il plug mi entrava in corpo e finalmente si assestava.

Mi lamentai, completamente arresa, pienamente sua. La posizione era umiliante ma bollente. C'era qualcosa che adoravo nel fatto che tutto il mio corpo fosse posseduto e controllato dal mio esigente amante.

«Ti prego» mi lamentai, anche se non sapevo per cosa stessi implorando. Certamente non nella speranza che si fermasse. Sapevo che non lo avrebbe fatto. Ma neanche per avere di più. Le sensazioni erano già troppe, ero sovraccarica.

Ma lui mi diede di più. Iniziò a sculacciarmi di nuovo con entrambi i buchi pieni. Ogni sculacciata agitava il plug dentro il culo, inviando nuove esplosioni attraverso di me mentre il vibratore mi portava direttamente al limite.

«Padrone, ti prego» supplicai. Ora capivo per cosa stavo implorando. «Ho bisogno di venire.» Già. Avevo un bisogno disperato di venire. Ed ero quasi certa che avrebbe rifiutato.

«No.» La sillaba fu dura; un rimprovero anche solo per aver chiesto.

Le sculacciate piombarono veloci e ruvide, accendendomi il culo e facendomi tendere i muscoli della schiena.

«Ti prego, padrone.» Adesso non chiedevo più. Sapevo che la risposta era no. Stavo solo perdendo la mia sanità mentale.

Implorare era tutto ciò di cui ero capace. Ed era quello che lui voleva sentire.

Strinsi forte il cuscino per evitare di coprirmi il sedere con le mani, perché il bruciore cresceva di intensità a ogni schiaffo. Più brutalmente sculacciava, più forte dovevo venire. Cominciai a ritrarmi e a divincolarmi sulle sue ginocchia.

«Ti prego, padrone...ti prego, padrone.» Ci ero vicinissima.

Si fermò bruscamente. Pensai a una pausa, magari a un massaggio al culo mentre io ansimavo e riprendevo fiato, ma invece mi tirò su per mettermi davanti a lui, tra le sue ginocchia.

Ero calda e scombussolata. I capelli mi ricadevano sul viso ed ero sull'orlo delle lacrime. Mi tenevo il culo. Pavel mi tirò e girò i capezzoli e mise su uno un morsettino di alligatore. Quasi venni nel momento in cui lo chiuse. Dovetti spostarmi e schiacciare le cosce l'una contro l'altra, per frenarmi. Al secondo ero più preparata.

«Padrone» piagnucolai.

Quegli occhi grigi incrociarono i miei, e colsi un lampo di approvazione prima che riuscisse a nasconderlo. Gli piacevo così: supplicante e mendicante e alla sua mercé. Disperatamente bisognosa di venire.

Si avvicinò per coprirmi il culo, spingendomi via le mani. Lo massaggiò, tirandomi più vicina, poi iniziò a giocare con il plug anale, pompando lentamente.

«Ah!» Non riuscii a controllare le farfalle che mi esplosero nella pancia. Pompò di nuovo, veloce e breve. Mi premetti le dita sul clitoride mentre buttavo all'indietro la testa e venivo, incapace di fermarmi.

«Scusa, padrone.» Presi fiato a bocca aperta non appena vi riuscii. Le mani mi ricaddero sulle sue spalle, perché le gambe non mi reggevano. Una lacrima mi rigò il viso anche se non ero nemmeno sicura del perché. Pavel la asciugò, esaminandomi in volto.

«Non fa niente, fiorellino» mormorò. «È stato un incidente.»

Regolò i morsetti del capezzolo, poi mi guidò di nuovo sopra il suo ginocchio. Stavolta usò su di me la racchetta, e io rimasi scossa da tanta intensità. Era molto diversa dalla sua mano, molto più dura. E dolorosa. Mi sculacciò velocemente, alternando le natiche, prima a destra poi a sinistra. All'inizio mi dimenai e mi contorsi, non potevo farne a meno. Ma quando continuò a colpire, il mio ultimo strascico di resistenza crollò. Mi arresi alla sua volontà, al dolore. Allo stesso tempo, il turbamento dell'audizione, lo stress per non averlo detto a Pavel, la sua delusione nei miei confronti ribollivano tutti in superficie. Un singhiozzo mi partì dalla gola, e poi esplosi totalmente.

Pavel si fermò immediatamente. «Oh, *malyš*.»

11

Pavel

Che voglia di strapparmi i capelli quando Kayla era scoppiata a piangere. A volte succedeva. Aveva pianto la prima notte in cui avevamo giocato, non durante la scena ma dopo. Aveva bisogno di attenzioni dopo, e io non gliele avevo date. Anche se sapevo che probabilmente era solo una liberazione emotiva dalla tensione della giornata traumatica, mi sentivo il più grande *mudak* del mondo.

Non manifestai la mia angoscia, altrimenti avrebbe solo tentato di bloccare il proprio rilascio nel tentativo di farmi piacere. Le massaggiai il culo con una mano e la schiena con l'altra. Non mi interruppi per chiederle se stava bene o cosa fosse andato storto. Magari non ero il dominatore più esperto che esistesse, ma ne sapevo abbastanza da rendere quello uno spazio sicuro per tutto ciò che vi succedeva.

Ma mentre lei si perdeva in un torrente di lacrime, mi dispiacque di averle promesso di non uccidere il regista. In quel momento avrei tanto, tanto voluto prendergli a martellate la faccia. O forse era solo la mia, di faccia, che volevo colpire.

Dopo un po', i singhiozzi rallentarono e poi si fermarono. Rimossi delicatamente il plug. Stava ancora gocciolando, bagnata, quindi sapevo che non importava cosa fosse successo emotivamente: il mio fiorellino era eccitato.

«Striscia sul letto, fiorellino.» Mantenni la voce morbida: non ci fu accenno di comando nel mio tono, solo dolcezza. Non sapevo se in quel momento aveva bisogno di essere scopata o trattenuta, quindi stavo cercando di capirla. Kayla obbedì all'istante, strisciando più lontano sul letto, sulla pancia e con le gambe spalancate in un chiaro invito.

«È così che lo vuoi, *malyš*?» Infransi la regola per chiederglielo. Accarezzai e le strinsi il culo arrossato, emettendo un suono di contentezza in gola.

Quando la strofinai tra le gambe, emise lo stesso suono. «Sì, padrone. Ti prego.»

Un'altra istantanea mentale. Dolcissima, cavoli.

Mi tolsi i vestiti e strisciai dietro di lei, spingendo i suoi capelli biondi umidi da un lato del viso macchiato di lacrime per sfiorarle la tempia con le labbra. Inarcò il culo quando il cazzo le scivolò tra le gambe. Mi spinsi dentro facilmente: aveva il canale fradicio e gonfio.

Mi mossi lentamente, entrando e uscendo con rispettose scivolate. Riempiendola, godendo della gloria di tutto ciò che era Kayla, della sua figa stretta. Del suo culo punito. Della dolce, dolce sottomissione.

Iniziò senza urgenza. Solo piacere. Colpi facili. La comunione di due corpi. Ma Kayla prese a cantilenare: «Padrone... padrone» più e più volte in quella sua voce ansimante e intrisa di bisogno, e il mio cazzo non ce la fece più. Presi velocità, pompandole dentro, cavalcando l'onda. Le tolsi i morsetti per i capezzoli in modo che il ritorno dell'afflusso di sangue le stimolasse l'orgasmo, poi le portai una mano sotto al bacino per strofinarle il clitoride. Venne immediatamente.

Il suo orgasmo scatenò il mio, e mi smarrii in esso. Stavolta non furono di razzi e fuochi d'artificio. Fu più uno spazio sicuro. Casa. Non che casa mia fosse mai stata sicura. Ma così ci si sarebbe dovuti sentire a casa. Abbassai il corpo su quello di Kayla e le baciai il collo. Sospirò contenta.

«Ti amo, padrone.»

Il mio cuore – il povero organo già provato al di là dell'umana comprensione – alla confessione si aprì. Mi tirai fuori e la capovolsi mettendola sulla schiena, bloccandole i polsi accanto alla testa, coprendo di nuovo il suo corpo con il mio.

«Mi stai fottendo completamente» giurai ferocemente. Non sapevo nulla dell'amore. Non l'avevo mai saputo. Ma le mie parole erano le più vere che avessi mai pronunciato. Kayla si sforzò contro la mia presa. Voleva tirarmi giù, forse per un bacio, forse perché era tutto troppo intenso perché ci guardassimo ora che eravamo esposti fino all'osso, ma non glielo permisi. La costrinsi a fissarmi negli occhi finché non fui sicuro che mi credeva. I suoi occhi si riempirono di lacrime.

«Per favore, baciami» disse. La baciai a morte, le divorai la bocca con la mia, le mie labbra divennero uno strumento da guerra. Le scopai la bocca con la lingua, e il mio cazzo semi-duro scivolò indietro in posizione per alcuni ultimi colpi gloriosi. La baciai fino a quando non rimase senza fiato, ansimò e gemette, e poi mi tirai indietro, ci feci rotolare sui fianchi e tirai il suo corpo contro il mio. Appoggiò la testa sui miei bicipiti, la guancia sul mio petto.

«Grazie» mormorò. Ma ancora non riuscivo a superare il senso di colpa. La sensazione che avrei potuto aver fatto la cosa sbagliata con una persona che mai avrei voluto ferire. Non so quanto restammo così in silenzio. Non volevo alzarmi fino a quando non fosse stata trattenuta abbastanza a lungo. Aveva bisogno di attenzioni, soprattutto visto che l'avevo distrutta. Finalmente si mosse per allontanarsi.

«Adesso ho fame, padrone.» Le stampai un bacio sulla nuca e rotolai giù dal letto per ordinare la cena. Poi presi il telefono e tornai a letto con la sua morbida coperta, che le drappeggiai sopra. Mi sedetti con la schiena contro il muro.

«Ho bisogno del nome, fiorellino.»

Sollevò la testa e si leccò le labbra, sbattendo le palpebre con gli occhi spalancati verso di me. «Blake Ensign.»

«Grazie.»

Tirai il suo cuscino vicino al mio fianco, in modo che potesse accoccolarsi contro la mia gamba e che io potessi accarezzarle i capelli.

Scrissi a Dima, l'hacker della cellula bratva. *Kayla è stata molestata a un casting da questo pezzo di merda: Blake Ensign. Ho bisogno dell'indirizzo, in modo da regolare i conti. Per favore e grazie.*

Dima rispose immediatamente. *Ci penso io.*

Scrissi a Maxim perché dubitavo che apprezzasse che scrivessi direttamente a sua moglie. *Di' a Sasha che non ho apprezzato il consiglio che ha dato alla mia ragazza.*

Maxim mi mandò un messaggio pochi minuti dopo. *La risposta di Sasha: oh oh.* Inviò un secondo messaggio, *che progetti hai col mudak?*

Risposi, *gli farò del male.* Avevo detto di non essere tipo da arrabbiarsi, che restavo impassibile, ma quella sera nella mia violenza c'era stata rabbia nella mia violenza.

Maxim: *Bene.*

«Servizio in camera.» Disse un uomo mentre bussava alla porta. «Lascialo fuori» ringhiai, anche se Kayla era completamente coperta. Nessun altro uomo avrebbe dovuto nemmeno pensare a Kayla stasera senza ricevere un pugno tra i denti.

Kayla

Mi svegliai perché Pavel non era più nel letto. Mi alzai nell'oscurità, cercando la coperta morbida e pelosa in cui mi avvolgeva dopo i giochi e tirandomela sulle spalle. Cercai le sue scarpe e il portafoglio, o qualche altro segno che aveva lasciato la stanza, ma c'erano ancora. Vidi tre bottiglie vuote del mini-bar sul comò. Trovai Pavel: era appoggiato al balcone con un'altra bottiglietta di liquore stretta in mano.

«Padrone?»

«*Malyš*. Scusa se ti ho svegliata.» Non si mosse.

«No, non mi hai svegliata. Cioè, mi mancavi, nel letto.»

Vidi il suo viso normalmente impassibile e vi intravidi del tormento, prima che si strofinasse la mano sulla barba ben tagliata.

«Cosa c'è che non va?»

«Vieni qui.» Aprì un braccio e io mi spinsi contro di lui. Il suo profumo coinvolgente si mescolava ai toni più acuti della vodka.

«Che c'è?» insistetti, sapendo che probabilmente non mi avrebbe detto niente.

«Stai bene, Kayla?» Rivolse lo sguardo su di me come se fossi stata io a essermi bevuta quattro liquori e me ne fossi stata lì fuori con un'aria da funerale.

«Sì. E tu?»

«Non voglio giocare di nuovo in quel modo con te» disse tranquillamente. Il mio cuore iniziò a battere come se stesse per rompere. Ma non era così. Non poteva essere, mi teneva vicina al suo corpo.

«In quale modo?»

«Punendoti finché non piangi. È sbagliato. Mi dispiace.»

«No.» Mi spinsi ancora più vicino a lui, come potendo fondere i nostri due corpi in modo da non separarci mai più. «Non è stato sbagliato. Ne avevo bisogno. Mi hai dato la liberazione che desideravo. Perché sei turbato?»

«*Turbato.*» Ripeté la parola con una risatina amara, come se ai dominatori non fossero permessi turbamenti. Iniziai a collegare i puntini. Mi aveva detto pochissimo, ma si collegavano. Mi aveva detto che non poteva giocare senza consenso. Mi diceva sempre che ero libera di andare. A un certo punto della sua vita doveva aver visto qualcosa di brutto.

Il balcone si inclinò e girò. Tutti pensavano che fosse sbagliato – quello che facevamo. E ora anche Pavel.

Era sbagliato? Malato? Ma io non potevo crederci.

Proprio no, visto quanto mi sentivo vicina a quell'uomo in quel momento… anche se non raccontava nulla di sé, mi aveva detto che ero io il suo tutto.

E anche lui era il mio tutto.

«Di cos'hai paura, Pavel? Di farmi del male? Che non userò la parola di sicurezza quando dovrò?»

Si girò verso di me completamente, e mi colpì tutto il dolore che gli vidi negli occhi. Mi cullò il viso tra le mani. «Ti sto facendo del male, Kayla? Cioè, l'ho fatto. Ti ho fatto male stasera.»

«Basta» lo interruppi prima che proseguisse per quella strada. «Adoro il tuo modo di farmi male. Perché ne sei tanto preoccupato? Qualcuno ha detto qualcosa?» All'improvviso mi venne in mente che le mie coinquiline potevano aver discusso della faccenda con altri. Sasha, magari? E la voce era arrivata a lui?

«Mio padre...» Pavel si fermò e si strofinò di nuovo una mano sulla morbida barba.

Suo padre. *Ah.* Mi venne immediatamente male allo stomaco.

«Era violento?» tirai a indovinare.

Pavel annuì. «Sì. Quasi ci uccise. E alla fine, lo uccisi io.» Mi fissò con espressione piena di vergogna. E pure un pizzico di allarme. Ecco com'era Pavel messo a nudo – come non aveva mai permesso a me, e forse proprio a nessuno, di vederlo prima.

«Oh, Pavel.» Gli strinsi le braccia intorno al collo, mettendomi in punta di piedi per raggiungerlo.

Rimase rigido per un momento, poi mi cinse con un braccio.

«Non sei scioccata?»

«Certo, sono scioccata, Pavel. Vi portate addosso un peso terribile. Mi dispiace tanto.»

Si lasciò andare a un'amara risata incredula. «Ti dispiace? Per me?»

«Certo. Pavel.» Mi tirai indietro abbastanza da guardarlo negli occhi. «Pensavi che ti giudicassi?»

Inclinò la testa. «Perché non dovresti?» Sembrava quasi sospettoso, come se lo stessi ingannando.

«Pavel, stavi proteggendo tua madre, proprio come hai protetto me nel minimarket. Hai fatto quello che dovevi. Ti amo per questo.»

«Tu mi ami» ripeté dolcemente, scuotendo la testa. «Superpotere.»

«Cosa?»

«Hai la capacità di... non lo so, l'accettazione... la

presenza… che nessun altro ha. Lo sai? Sei una su un miliardo, fiorellino.»

«Ti amo.»

Pavel gemette come un animale ferito e mi strinse contro il suo corpo. Il suo respiro suonò sfinito tra i miei capelli. Era la terza volta che gli dicevo che lo amavo, quella sera. Ogni volta sembrava penetrarlo più in profondità. Non l'aveva fatto sembrare sbagliato, ma non aveva neanche risposto lo stesso. Dopo quello che avevo appena scoperto, potevo essere paziente. Probabilmente non aveva conosciuto molto amore nella sua vita.

Gli avrei dimostrato che non era un superpotere. Era una cosa che potevamo fare entrambi, insieme.

12

Pavel

La mattina successiva spinsi al limite la mia piccola schiava per ore tenendole la bocca tra le gambe. Pianse, battendomi i pugni contro le spalle, implorando il rilascio.

Era una brava sottomessa, sempre in attesa del mio permesso. Non che l'avrei punita se fosse venuta.

Non dopo che l'avevo distrutta la sera prima. E comunque, anche in caso contrario, ero stato troppo brutale. Stavo iniziando a pensare che non c'era dolore che le infliggessi che non percepissi io stesso. Strano, per un sadico freddo come la pietra.

Quando stavo per morire di bisogno io stesso, la mettevo in ginocchio e sugli avambracci e la scopavo fino a quando non singhiozzava. Lì non mi sentivo male per le sue lacrime. Era l'unico tipo di pianto che volevo da lei. Il tipo dovuto al troppo piacere che dopo la lasciava strizzata di beatitudine per ore.

Aspettai che il mio climax si manifestasse con violenza, poi abbaiai, «Vieni» mentre mi seppellivo in profondità e una parte di me moriva. I muscoli di Kayla si strinsero intorno al mio cazzo, mungendolo di tutto il suo contenuto, e poi ci rovesciai entrambi sui fianchi mentre respirava ansimando. Quando la feci rotolare sulla schiena e le asciugai le lacrime dal viso, lei mi regalò un sorriso sognante.

«Sei bellissima» le dissi.

Emise un gemito singhiozzante.

«Sono riuscito a trovarti un posto alla spa oggi.»

Sbatté le palpebre, ovviamente cercando di tornare alla realtà. I suoi capelli erano sparsi in un alone dorato intorno alla testa, il viso era arrossato di una bella sfumatura di rosa.

«Il primo appuntamento è singolo. Devo occuparmi di alcuni affari, ma tornerò il prima possibile.»

Aprì le labbra.

«Oh.»

«Sì, padrone» la imbeccai per allontanarmi dalla serie di domande che sentivo sul punto di iniziare.

«Sì, padrone. Grazie, padrone.»

«Faccio una doccia veloce prima di andare.»

Giuro su Dio che non ero tipo da parlare solo per il gusto di ascoltare la propria voce, ma la vulnerabilità di Kayla, soprattutto dopo una scena, mi costringeva a comunicare molto di più.

«Anch'io» mormorò, e si sedette.

Le presi la mano per aiutarla a scendere dal letto e la condussi in bagno, dove la lavai dalla testa ai piedi. La mia bambola schiava morbida e flessibile, che oggi avrei vendicato di brutto. Al risveglio quel mattino avevo mandato un messaggio a Dima per chiedergli l'indirizzo di Ensign. Aveva risposto, *Aspetta fino a mezzogiorno. Io, Nikolaj e Oleg stiamo venendo lì per darti una mano. Ti scrivo quando atterriamo.*

Avevo fissato il telefono per un momento, nel tentativo di identificare la sensazione sconosciuta che mi turbinava nel petto. Gratitudine. Sapevo che i fratelli bratva mi guardavano le spalle negli affari, ma quella cosa di Kayla non aveva nulla a che fare con loro. Niente affatto. Non l'avevano nemmeno conosciuta, eppure in tre avevano mollato tutto per sostenermi.

Forse fu solo perché la cosa era arrivata sulla scia dell'incredibile accettazione di Kayla del mio patricidio, ma non mi ero mai sentito così... aperto. La sera prima la mia armatura era stata buttata giù, e mi sembrava di non averne nemmeno più bisogno. Spedii Kayla fuori dalla doccia, così da potermi lavare. Quando uscii, lei era nuda nella stanza con in mano il mio telefono. «Dima dice che sono fuori.» Girò lo schermo per farmi vedere.

Beh, cazzo.

«Pensi di poter leggere i miei messaggi, schiava?»

Non rimase turbata dal tono severo. «No, signore. Perché sono venuti? Posso conoscerli?»

«Te l'ho detto: abbiamo degli affari di cui occuparci.»

Piegò le dita sotto il mento e batté le ciglia.

«Ti prego. Sto morendo dalla voglia di conoscere i tuoi coinquilini. Chi sono? Tutti e due i gemelli?»

Non avevo idea di come cazzo facesse pure a sapere che vivevo con dei gemelli. Ah già, Sasha ovviamente. In realtà quello che non sapevo era che provasse interesse per i miei coinquilini. «Sì, i gemelli. E Oleg.» Argh. Mi passai una mano tra i capelli. Non c'era nulla di male nel fatto che li conoscesse, pensavo. Non sapevo perché l'idea mi facesse sudare. Mi piaceva tenere Kayla per me, forse. Mantenere la relazione all'oscuro. In una camera d'albergo. Dove il mondo esterno non poteva trovarci né influenzarci. Ma sembrava che Kayla desiderasse qualcosa di diverso.

«Hai novanta secondi per vestirti» le dissi, soprattutto per guardarla affannarsi di qua e di là mentre io mi mettevo un paio di jeans neri e una maglietta scura. Non volevo macchie di sangue sui vestiti chiari. Fu pronta prima di me; si diede una rapida spazzolata ai capelli mentre aprivo la porta.

«Solo un minuto. Per conoscerli. Non usciamo tutti insieme.»

«Va bene» disse vivacemente. Qualcosa mi si spostò nel petto. Che ragazza... La portai fuori, dove scorsi un furgone bianco con familiari magneti idraulici sulle portiere. «Eccoli.» Le presi la mano e attraversammo la strada. Quando ci avvicinammo, Nikolaj sbucò dal lato del conducente.

«Aspetta un attimo... ma viene con noi?»

«No, cazzo di stupido» gli dissi mentre allungavo la mano per stringere la sua e dargli una bella botta sulla spalla. Una rara dimostrazione di apprezzamento da parte mia, e Nikolaj la riconobbe restituendo il gesto. Gli altri due smontarono dal furgone.

«Kayla voleva conoscervi.» Le appoggiai la mano sulle reni. «Lui è Nikolaj.»

«Nikolaj! È un piacere.» Gli gettò le braccia al collo.

«Non toccarlo» ringhiai.

«Scusami, sono una da abbracci.» Lasciò Nikolaj e da Dima. «Tu devi essere Dima!» Un altro abbraccio. Ecco la Kayla normale in compagnia. Una ragazza adorabile e amichevole del Wisconsin che abbracciava persone mai viste prima. Così lontana dal mio mondo che mi parve di essere entrato in una colorata commedia romantica invece di rimanermene nell'oscurità e nelle ombre che componevano la mia vita.

«Sono serio» mormorai, digrignando i denti. «Vuoi costringermi a uccidere i miei fratelli? Non toccarlo.»

Kayla aveva dimenticato di essere la mia schiava obbediente. Mi ignorò completamente.

«Quindi è così che si comporta Pavel innamorato» disse Dima con ironia mentre accettava la mia stretta di mano e la pacca alla spalla.

«Ancora più cattivo di quando è single.»

«Già. L'amore non ti dona, fratello» concordò Nikolaj.

Kayla ricevette persino un abbraccio da Oleg, il nostro gigantesco e silenzioso esecutore. Incredibile!

«Lui è Oleg» spiegai mentre il ragazzone si chinava e le dava un mezzo abbraccio con un gigantesco braccio muscoloso. «Non parla.» Un mese fa probabilmente non si sarebbe mosso, ma ora aveva Story, la sua ragazza, che lo aveva cambiato completamente. Se prima per lui il silenzio era un'arma, ora cercava di comunicare di più. Stavamo imparando la lingua dei segni, e lui partecipava alle conversazioni. Ora le fece un saluto nella lingua dei segni, un gesto che significava *ciao*.

«Lo so già. Vivevo con Sasha» spiegò, anche se lo sapevano. «E Pavel non è cattivo.»

Tornò sana e salva al mio fianco e io aprii i pugni.

«Noi dissentiamo» scherzò Nikolaj.

«Va bene» dissi, tirandola all'indietro. «Ti riportiamo in hotel.»

«Rimanete a cena?» chiese Kayla vivacemente.

«No» scattai. «Non restano. Tornano a Chicago. Salutali.»

Kayla alzò una mano e salutò. «Ciao, ragazzi. È stato un piacere conoscervi.»

Accompagnai Kayla dall'altra parte della strada e attraversai le porte d'ingresso del Four Seasons. «Fai la brava. Goditi il centro benessere.»

Le comparve un solco tra le sopracciglia. «Avete intenzione di...»

La fermai con un dito sulle labbra. «Vai al piano di sopra, *malyš*. Ci vediamo quando torno.»

Lei esitò un attimo, quasi a mettersi a discutere, così alzai le sopracciglia.

«Sì, signore.» Sollevò il viso per un bacio. Le sfiorai le labbra con le mie. L'oscurità di quello che stavo per fare già mi avvolgeva, mi faceva venire voglia di mantenere le distanze da lei. Per non macchiare la sua luminosità con quello che ero.

Dovrei lasciarla andare, mi dissi per la centesima volta. *Mai*, rispose una voce nuova. Una voce oscura. Quella che voleva consumare tutto ciò che era Kayla. Rivendicarla e tenerla per sempre. Succhiarle via tutto fino a prosciugarla.

Mai.

Che dire? Sembrava giusto essere così sbagliati...

13

Pavel

«Tutte le telecamere di sicurezza sono state messe in loop e le serrature sono aperte» disse Dima, con le dita che cliccavano sui tasti del laptop sul retro del furgone. Nikolaj mise in moto e proseguì per il restante mezzo isolato fino ai cancelli di ferro che chiudevano l'ingresso della casa di Blake Ensign.

«Cancello aperto... ora.» riferì Dima poco prima che i cancelli si aprissero per farci entrare. «Ho portato dei passamontagna. Sono in quella borsa.» Dima non distolse lo sguardo dallo schermo; le sue dita si mossero ancora sulla tastiera, cliccando i tasti. Dovevo ancora vedere qualcosa che quel ragazzo non fosse in grado di hackerare, col tempo sufficiente.

Aprii la borsa e fissai i passamontagna. Una parte di me non voleva indossarlo. Volevo che quel cazzone vedesse la mia faccia, durante la nostra chiacchierata. Ma potevo sempre toglierlo. Presi il mio e passai gli altri ai ragazzi.

«Vive da solo?» chiesi a Dima.

«Sì. In quale altro modo avrebbe potuto farsi fare

pompini da tutte le donne che lancia?» Arricciai le labbra e Dima mi sparò uno sguardo da sopra la parte superiore del laptop prima di chiuderlo.

«Stavolta ha decisamente scelto l'attrice sbagliata.»

E di brutto. «Ho promesso a Kayla che non l'avrei ucciso» avvertii i fratelli. «Quindi non permettetemi di esagerare.»

«Ti guardiamo le spalle» promise Nikolaj, girandosi dal sedile anteriore e tirando giù il passamontagna.

Dima toccò il coperchio del computer. «Ho modi per ferirlo che non richiedono spargimento di sangue.» Prese il passamontagna. Oleg lo indossava già: la sua mole e il suo silenzio lo rendevano il più terrificante dei quattro.

«Brat'ja» mi rivolsi ai fratelli in russo *«Spasibo.»* Grazie.

«Non me lo sarei perso per nessun cazzo di motivo» disse solo Nikolaj, scivolando fuori dal furgone. «Cominciamo.»

Afferrai il revolver che avevo trovato nella borsa con i cappucci. Anche Nikolaj ne prese uno. Oleg preferiva fare affidamento sulle sue mani, in grado di spezzare il collo di un uomo con una singola contrazione. Dima portò con sé il laptop. Non vedevo l'ora di sentire che danno aveva in serbo lì dentro.

Feci l'educato e suonai il campanello. Cazzo, speravo che in quel momento non ci fosse a casa il personale di servizio – spaventare gli innocenti non faceva per me.

Uno stronzo della metà degli anni Cinquanta con i capelli sale e pepe aprì la porta, e quando ci vide fece per sbatterla. Oleg afferrò la porta e la spinse dentro. Io puntai la pistola al centro della fronte di Ensign.

«Ehi, stronzo. Ho due cose da dirti.»

«Che cazzo succede?» Non aveva ancora paura: era incazzato. Quell'uomo trasudava supponenza come una seconda pelle.

Oleg gli afferrò la gola e lo alzò, usando la sua incredibile altezza per tenerlo in aria. Si strozzò, si fece viola in volto, gli sporsero gli occhi. Oleg sapeva esattamente per quanto tempo tenerlo così. Abbastanza a lungo da portarlo a pensare che sarebbe potuto morire proprio lì, nell'ingresso di casa sua.

Quando lo mollò, Ensign crollò a terra. Nikolaj diede un calcio alla porta per chiuderla.

«Cosa…» Ensign tossì e sputò, tenendosi la gola con una mano mentre cercava di rimettersi in piedi.

«Lo portiamo da qualche parte?» disse Dima con tono annoiato. «Rischiamo di rovinare un bel tappeto con il suo sangue?»

«Ch-chi siete? Che cazzo ci fate a casa mia?»

«Fagli regolare i toni.» Provai a usare un tono freddo e annoiato come quella di Dima, ma non ci riuscii. Sembrai empatizzare col suo dolore. *Stavo* empatizzando col suo dolore.

Oleg gli sferrò un paio di colpi ben piazzati: uno all'intestino e uno alla mascella, facendolo cadere di nuovo all'indietro sul culo.

«Lo portiamo nella sala dei casting. Voglio vedere il divano dove tira fuori il cazzo.»

Gli diedi un calcio ben assestato alle costole.

«Dov'è?»

«Cosa?» Continuava a essere più arrabbiato che spaventato. Contorse il volto dall'aggressività.

Gli puntati la pistola proprio contro al cavallo dei pantaloni. «Vuoi tenerti le palle? Portami nella fottuta stanza dove hai chiesto alla mia ragazza di succhiarti il cazzo.»

A quel punto, vidi un lampo di paura. Aveva capito perché eravamo venuti. Cosa volevamo. O forse capì solo che ero un bastardo spietato. Ma nascoste rapidamente i timori. Dovevo concederglielo: non era un totale codardo. Avevo pensato che sarebbe stato più morbido. Il tipo di persona che implorava nel momento, al vedere la pistola.

«Basta sparargli» suggerì Nikolaj quando non rispose immediatamente.

«Al piano di sopra.» Si adattò subito alla situazione. Indicò una scala a chiocciola. «Nel mio ufficio.»

Lo presi a calci di nuovo. «Portaci lì.»

Si rimise in piedi gemendo. Gli premetti la canna del revolver alla nuca mentre quello zoppicava in avanti, su per le scale.

«Chi sei?» chiese quando entrammo nel suo ufficio. «Quale ragazza?»

«Quale ragazza» Nikolaj ripeté la frase incriminante. «Quante ce ne sono state?»

Non rispose.

«Quante ne hai viste ieri?» chiesi, poco prima che Oleg gli rifilasse un colpo alla mascella che lo mandò a sbattere contro alla pesante scrivania d'acero.

Dima si sedette e aprì il laptop. «A quanto pare, ieri hai visto quarantacinque donne, vero?»

Ensign gli lanciò uno sguardo spaventato, come se quel tipo di informazioni non fosse di dominio pubblico.

«Già: sono nella tua email, nel caso in cui te lo stessi chiedendo. E anche nei conti bancari. Di Wells Fargo, di Fidelity, di Vanguard e anche delle Barbados. Sembra che il tuo saldo attuale sia di due milioni, ottocentocinquanta mila e qualche spiccio. Ti torna?»

Ensign impallidì, sparando sguardi spaventati a me e Dima.

«Ch-che cazzo sta succedendo qui?»

Oleg gli diede un pugno nell'intestino. Incrociai le braccia sul petto. Temevo che mettendogli le mani addosso avrei finito il lavoro.

«Pensavo di essermi chiarito a sufficienza. Hai chiesto alla mia ragazza di succhiarti il cazzo. E io ti prendo a calci in culo. Sto anche pensando di tagliarti il cazzo, per prevenire incidenti futuri. Vediamo quanto tempo ti ci vuole per chiedere scusa.»

«Scusa!» Alzò le mani e lanciò un'altra occhiata a Dima. «C-cosa sta facendo con i miei soldi?»

«Sembra che sia più preoccupato dei soldi che del cazzo» osservai.

«Sei pronto a prosciugarlo?»

«Basta un clic» confermò Dima. «Da quale comincio?»

«Quanto c'è nel conto Vanguard?» chiesi.

«È il più piccolo. Duecentottantamila.»

«Aspetta, aspetta, aspetta, aspetta, aspetta! Mi dispiace per la tua ragazza. Chi è? Le do la parte. Farò di lei una star.»

Esitai, poi gli spaccai il naso con un pugno. «Pensi che la lascerei avvicinarsi a te?»

Gemette tenendosi il naso che zampillava. «Le farò avere una parte con lo studio, in un altro programma. Posso farlo.»

«Puoi.» Lo dissi con tono feroce, ma guardai Nikolaj per vedere la sua interpretazione. Fece spallucce, come se valesse la pena prendere in considerazione quella soluzione.

«Posso.» Ensign parlava velocemente. «Al momento si stanno facendo casting per molte parti per la prossima stagione. Posso farle avere una parte in *Bank Bandits* o *Bad Boys*. Un ruolo continuativo. Se è brava, le si aprirebbero molte porte.»

«Se non sono i tuoi programmi, come fai a farle avere la parte?»

«Parlerò con il direttore del casting.» Ensign continuava a tenersi il naso. «Posso dire che è un'amica – o… o mia nipote – e che ho bisogno di un favore. Garantisco che posso procurarle qualcosa.»

Gospodi. Volevo proprio aiutare Kayla. Ma cosa sarebbe successo se avesse solo cercato di farsi dare il suo nome per inchiodarmi? Guardai Dima.

«Prendi i soldi dal conto Vanguard.» Dima esitò un attimo, perché era solo un bluff. Avrei dovuto capirlo. E ora stavo chiedendo a un fratello di cellula di commettere un altro crimine per me.

«Hai quarantotto ore per risolvere la cosa. Nel caso, rimetterò i soldi a posto.»

Dima cliccò. «Account prosciugato.»

«Lo farò!» Ensign annuì.

«Come si chiama?»

«Kayla Winstead. E se la ragazza non viene trattata come del fottuto oro, tornerò per un'altra visita.»

Gli piazzai di nuovo la pistola sulla fronte. «Non deve sapere che le hai dato il lavoro tu. Chiaro?»

«Chiaro» gracidò.

«Vieni a cercarmi e sei morto. Hai quarantotto ore.»

«Nessun problema.» Raggiunse i fazzoletti sulla scrivania e ne usò una manciata per tamponare il naso. «E mi ridarai i soldi.»

«Questo è l'accordo. Se non ci riesci, svuoteremo il resto dei conti.»

«No.» Gesticolò. «Siamo d'accordo.»

«Bene.» Guardai Oleg, che annuì e colpì Ensign con un pugno abbastanza forte da metterlo fuori combattimento. Poi uscimmo e salimmo sul furgone.

«Onestamente, speravo che sarebbe stato più difficile da spezzare» disse Nikolaj mentre rimetteva rapidamente il furgone in viaggio. Dima aprì il cancello con il laptop, e ce ne andammo.

«Anch'io» concordai. «Pensi che possa farcela?» chiesi.

«Sì. Ecco la mia ipotesi» disse Nikolaj. «Scommetto che non è la prima volta che ha dovuto proporre quella soluzione. Probabilmente è già stato minacciato di azioni legali.»

«Cazzo» mormorai. «Kayla non può saperlo. Assicuratevi di non dir nulla davanti a Sasha: quelle due non mantengono i segreti.»

«Quando mai parliamo di affari di fronte a Sasha?» mi beffò Dima.

«Lo so. Certo che non lo fate. Lo dico solo per sicurezza.»

«Hai fatto la cosa giusta.» Nikolaj intuì i miei dubbi.

«Me lo auguro davvero, cazzo.»

Se una mia azione avesse mai nuociuto a Kayla, non me lo sarei mai perdonato.

Kayla

Lara chiamò quando tornai dalla spa. All'inizio fissai il telefono, indecisa se rispondere o meno. Non ero sicura di volerle dire cosa era successo. Ma dopo due ore e mezza di massaggi ai piedi, trattamento alle unghie e scrub e idratazione al viso, ero arrivata a un'epifania: Pavel si prendeva cura di me. Si prendeva cura di me come nessuno nella mia vita aveva mai fatto — ed ero cresciuta bene e piacevolmente con due genitori che mi avevano accompagnata a ogni prova senza mai perdersi un'esibizione.

Quindi avrei ceduto il controllo per lasciare che Pavel si occupasse di Blake Ensign e mi sarei dimenticata dei miei dubbi da brava ragazza su ciò che stava facendo.

«Ciao, Lara.»

«Volevo solo sapere com'è andata l'audizione di ieri»

chiese. Apprezzai la chiamata, anche se era in ritardo di un giorno.

«Ehm, non meravigliosamente. Ma non fa niente. Vale come esperienza. Almeno ho fatto il provino.» Quanto avrei voluto che Blake Ensign non mi avesse rovinato quel momento così alto della mia carriera. Per un minuto, ero stata dannatamente orgogliosa di me stessa. Del mio successo. Di essere riuscita a fare effettivamente la cosa che ero venuta a fare. Ero andata a quella prima audizione come un vaso vuoto che avevo riempito con la parte. Ero andata avanti, proprio come Pavel aveva promesso.

Il fatto che fossi stata chiamata per il secondo provino lo dimostrava. Non avrei dovuto permettere che uno stronzo di prima classe come Blake Ensign sminuisse quella piccola vittoria. Se ce l'avevo fatta una volta, potevo farcela di nuovo. Ora sapevo cosa serviva. Dovevo mettermi a nudo. Abbandonare tutte le pretese. Solo *essere*. Tutte le cose che Pavel mi aveva chiesto.

Avevo temuto che mi stesse distraendo dalla carriera, quando in realtà era lui il biglietto vincente.

«Ah.» Lara era delusa. «Va bene, tesoro. Te ne troveremo un altro. Devo andare. Buon riposo, per questo weekend.»

«Anche a te» dissi, anche se sapevo che stava già riagganciando.

Strisciando sul letto, aprii l'app di lettura del telefono e trovai un romanzo romantico con un lupo mannaro sexy, perché amavo i maschi alfa, ma Pavel entrò prima ancora che iniziassi.

«Padrone!» Mi lanciai giù dal letto e mi buttai contro di lui. Mi cinse la schiena con un braccio e mi lasciò sbattere contro il suo corpo.

«Che è ... dolce.» Era sorpreso. Probabilmente non

l'avevo mai salutato così . Il suo corpo era una roccia tesa contro il mio, come se si stesse rinforzando. O trattenendo.

«Grazie per la giornata alla spa. È stata bellissima.»

Mi prese per i capelli e mi tirò indietro la testa. «Voglio farti cose cattive.» Evidentemente aveva già superato i dubbi sul farmi del male.

«Hai fatto... ehm... sei andato da Blake Ensign?»

«Ci ho pensato io.» Usò un tono definitivo, ma continuai a insistere.

«Cos'hai fatto?» Si liberò da me ed entrò in bagno senza rispondere.

Lo sentii lavarsi le mani. Lo seguii dentro. Si passò un asciugamano su una macchia scura sulla camicia verde bosco, e così vidi il resto del sangue.

«Hai detto che non dobbiamo mentirci l'un l'altra» lo accusai. Pavel si girò e alzò le sopracciglia, bloccandomi con uno sguardo tagliente.

«Non ti mentirò, fiorellino. E non ti renderò mai complice di un crimine. Il mio compito è proteggerti. Ecco quello che farò.»

Respirai in un sibilo. Come ogni volta che rivelava quel lato di sé, ero allo stesso tempo scioccata ed eccitata. Preoccupata e in estasi. Procedetti per insinuarmi di nuovo tra le sue braccia. «Mi piace quello che fai» mormorai.

Pavel espirò. Rilassò il corpo e mi baciò sulla testa. «Togliti i vestiti, piccola schiava. Ho bisogno di essere dentro di te.»

14

Kayla

ODIAVO LA DOMENICA SERA, dopo la partenza di Pavel, quando ogni centimetro del mio corpo lo sentiva ancora pur se a centinaia di chilometri di distanza. Il mio cuore saliva sull'aereo con lui, mi abbandonava e mi lascia con una voragine nel petto.

Il lunedì mattina era anche peggio. Ogni finesettimana era più difficile del precedente, e che adesso avessi la sensazione di non poterne parlare con le coinquiline lo peggiorava ulteriormente. Era una forma di sub-drop. Endorfine al massimo nel weekend, ma poi Pavel se ne andava e mi lasciava depressa. Non del tipo da scoppio in lacrime, che non sopportavo, ma comunque di umore basso. Mi costrinsi a fare la doccia, ricordando ogni momento del finesettimana, buono e cattivo. Quando uscii, mi squillò il telefono. Lo presi e toccai lo schermo quando vidi che era Lara.

«Ciao, Lara. Che succede?»

«Beh, non ne sono sicura. Mi ha chiamata l'agente di casting degli studi Black Diamond: non hai ottenuto la parte.» Disse l'ultimo passaggio velocemente, come non volendo che ci sperassi neanche per un secondo. «Ma vogliono che torni alle audizioni per la prossima stagione di *Bad Boys*.»

«Davvero?»

«Sì. Immagino che tu sia piaciuta molto. Sembra che ti sostengano al momento.»

La mia scintilla ottimistica brillò e iniziai a sentirmi più me stessa.

«È incredibile. Oh mio Dio, sono così felice! E quand'è l'audizione?»

«Beh, ne hanno parlato come di una cosa informale, non credo che si tratti di una vera audizione. Vogliono che tu venga in studio per leggere le battute. Kayla, non voglio prenderla alla leggera, ma sembra che al momento tu sia nella top ten!»

«Qual è la parte? Lo sai?»

«No. Non penso che sia un ruolo da protagonista, ma sarebbe comunque una grande opportunità.»

«Certo! Sono entusiasta. Quando mi vogliono vedere?»

«Oggi. Hanno detto in un momento qualsiasi tra mezzogiorno e le tre. Ti presenti al Black Diamond e chiedi di Claire Peacock. È la direttrice del casting.»

«Ottimo! Mi preparo subito.» Corsi all'armadio e presi a gettare freneticamente abiti sul letto.

«A che ora devo dirle?»

«Ehm...» Cercai di indossare un paio di mutandine tenendomi il telefono all'orecchio. «Mezzogiorno e mezzo. Non voglio sembrare troppo ansiosa. O sbaglio?»

Lara fece una risata gutturale. «Mezzogiorno e mezzo va bene. Glielo faccio sapere. Quando hai finito, chiamami per farmi sapere com'è andata.»

«Ok.»

Riattaccai, e un sorriso ebete mi si spalmò sul viso. Lara di solito non chiedeva un feedback sull'andamento delle cose, quindi quello doveva essere un segno del fatto che aveva grandi speranze per me. Per quel ruolo.

«Oh mio Dio, ragazze!» Corsi fuori dalla stanza con le sole mutandine nere addosso alla ricerca delle coinquiline. «Mi hanno richiamata!»

«Evviva, evviva!» gridò Kimberly dalla cucina. «Hai fatto colpo.» Il ricordo nauseante dell'ufficio di Ensign cercò di piantarmisi nel cervello per smorzarmi l'entusiasmo, ma lo respinsi. La prima audizione era andata bene, e per quello avevo ricevuto la seconda chiamata. Ensign era un asino incapace di riconoscere del talento vero e che, per fortuna, non aveva nulla a che fare con la mia seconda occasione.

«Già. E non ho dovuto nemmeno succhiarlo in giro» dissi, cercando di prenderla con leggerezza. Quasi mi strozzai con le parole, però, e Kimberly inclinò la testa.

Non gli avevo raccontato l'accaduto. Come avrei potuto? Avrebbero voluto che mi esponessi, sull'onda del #MeToo, ma non volevo diventare famosa come sessualmente molestata. Volevo essere famosa per le mie abilità.

Inoltre, non pensavo di poterne parlare senza accennare alla reazione di Pavel. A quel che aveva fatto. Non sapevo ancora se esserne nauseata o entusiasta. Pavel era un cattivo ragazzo, non c'era dubbio, ma era proprio quello a renderlo attraente. Mi dava la sua totale attenzione. La sua protezione. Il suo dominio possessivo. Era un dominatore. Dopo cinque anni a Los Angeles aspettando di essere scoperta, di catturare l'attenzione, per scoprire di non essere che l'ennesima biondina in un intero mare di mie simili, l'attenzione di Pavel mi aveva guarita. Mi aveva fatta sentire speciale quando cominciavo a pensare di non essere niente. Mi faceva sentire bella. Calda. Seducente. Si prendeva cura di me.

E sì, stava per partire per la Russia. Viveva in un'altra città. Quindi sapevo che non poteva andare avanti, che non aveva intenzione di attaccarsi, ma io mi stavo innamorando di brutto comunque.

«Beh, quand'è il secondo casting?» chiese Kimberly.

«Oggi! A mezzogiorno e mezzo. Mi aiuti a scegliere il vestito?»

«Metti la camicetta turchese aperta sulle spalle: ti fa risaltare gli occhi.»

«Con quali pantaloni?» Gridai da lì.

«A sigaretta, neri. E gli stivali neri con tacco alto. Li stenderai.»

Li stenderò. Mi buttai addosso il look suggerito da Kimberly e attaccai ad asciugarmi i capelli. Già immaginavo le telefonate che avrei fatto se avessi davvero avuto la parte. La prima sarebbe stata per mia madre. Il suo sostegno era la ragione per cui ero ancora a Los Angeles. Nel mio immaginario, Pavel lo avrebbe già saputo. Lo avrebbe saputo perché era stato con me in ogni fase del percorso. Presi il telefono per mandargli un messaggio. *Ho ricevuto un'altra chiamata per un casting. Non preoccuparti, non è lo stesso regista.*

Il telefono squillò immediatamente.

«Ciao.» Mi intimidii immediatamente. Ecco l'effetto che mi faceva quell'uomo. Mi faceva battere il cuore ogni volta che parlavamo. Come una scarica di adrenalina dritta al braccio. Avrei dovuto chiamarlo al mattino, quando mi sentivo giù, ma non volevo fare il disastro appiccicoso. Ora avevo qualcosa da raccontargli.

«Piccola schiava...»

La voce di Pavel era roca e morbida. Me lo immaginai, gli occhi socchiusi e affamato di me.

«Torno a leggere le battute alle dodici e trenta, per un altro programma.»

«Ti ameranno.»

«Penso che stia succedendo per te, Pavel: perché mi hai aiutata.» Lui rimase in silenzio, così proseguii. «Quando sono andata alla prima audizione, avevo paura di non essere abbastanza sicura di me e di non sapere né chi né come essere. Quando mi hai detto di andar lì e aprirmi, beh… penso che le tue parole abbiano fatto la differenza. Ecco perché la direttrice di questo casting mi ha richiamata.»

«Non c'è essere umano sul pianeta che non percepirebbe il tuo magnetismo. Sei un talento naturale. Vai e fai lo stesso.

«Vorrei averti qui a spingermi a riaprirmi di nuovo.» Abbassai la voce, appoggiandomi a un fianco, proiettandomi attraverso il telefono fino a Chicago.

«Dove sei?»

«In bagno, a truccarmi.»

«Lavati le mani.»

Un piccolo brivido mi attraversò al semplice comando. Era il segnale che Pavel stava prendendo le redini, anche da lontano.

Aprii l'acqua e obbedii. «Va bene.»

«Ora voglio che appoggi la schiena contro il muro e chiudi gli occhi.»

Vacillai all'indietro sui talloni fino a quando il mio culo non colpì la porta.

«Va bene.» Ansimavo. Ero eccitata.

«Fai scivolare le dita nelle mutandine. Le porti, le mutandine?»

«Sì. Nere.»

«Bene. Ficcaci le dita dentro e toccati il clitoride per me.»

Toccai con il polpastrello dell'indice il clitoride… ancora e ancora.

Pavel aspettava, quindi non mi fermai.

Il tremore iniziò a diffondersi dentro di me e fiorì il calore.

«Ora fai movimenti circolari. Con un tocco leggero come una piuma.»

«Ah.» Mi succhiai il labbro inferiore mentre a malapena tracciavo un cerchio leggero intorno al clitoride. «Mmm.» Un altro tremore mi fece cedere le ginocchia.

«Strofina un po' più forte. Fallo per bene, piccola schiava, o la prossima volta che verrò passerò tutta la notte a punirti. È la mia figa che stai toccando in questo momento, e voglio che sia toccata bene.»

«Oh mio Dio» Ansimai, le dita accelerarono.

«Frusterò quei bei seni con il nuovo frustino che ti ho comprato. E poi la pancia. L'interno coscia. La schiena. E infine il culo. Ti renderò il culo rovente, e poi lo lubrificherò e lo scoperò fino a farti piangere la figa. E non ti lascerò venire, piccola schiava.»

«O-ora?» Ero senza fiato. Per fortuna Pavel capì.

«Vieni.» Diede un comando acuto, come se potessi disobbedire, e venni. Immersi due dita nel canale solo per sentire le pareti stringersi mentre usavo il palmo della mano per premere e strofinare il clitoride.

«Ohhhhh-*oh*. Wow.» Sospirai.

«Mi hai reso più duro della pietra qui, fiorellino. E non ho quella tua bocca calda e bagnata perfetta a prendersi cura di me.»

«Mi dispiace, padrone.» Le mie membra si sentivano come attraversate da oro liquido; un beato rilassamento si diffondeva in tutto il mio corpo.

«Ora, *malyš*, vai allo studio e mostragli questo. Bella, bellissima. E si affretteranno a trovarti la parte perfetta.»

«Grazie, padrone» sussurrai. Mi sentivo di nuovo meravigliosa. «Ti amo.»

«Ti amo, Kayla» mormorò, e allo specchio si riflesse il sorriso più grande del mondo. «In bocca al lupo.»

«Grazie. Ti amo. A presto.» Chiusi la chiamata sentendomi il fiorellino che Pavel vedeva in me. Sbocciata da lui. Vicina alla piena fioritura.

15

Pavel

Mercoledì Kayla mi aveva detto di aver avuto una parte in una serie di Ensign. La sua gioia quasi rese accettabile l'idea di sapere che Ensign respirasse ancora. Avevo fatto trasferire da Dima i soldi di Ensign sul suo conto, anche se avevo pensato di farlo sudare per qualche altro giorno.

Avevo mandato a Kayla tre dozzine di rose multicolori per congratularmi con lei, ma il bisogno di dirglielo di persona mi aveva reso stupido. Ero già in una situazione precaria lì, ma avevo chiesto di partire prima per il finesettimana, e lui aveva rifiutato categoricamente.

«Fai la tua scelta» aveva detto.

Nessuno ti regalerà la vita che vuoi. Devi prendertela tu.

Quindi scelsi.

Scelsi Kayla, cazzo.

Se Ravil voleva uccidermi, poteva farlo. Ma non credevo che avesse questo in serbo per me. Mi stava mostrando come controllare il mio destino nel modo in cui lui controllava il proprio, anche mentre era sotto al controllo di Igor. Giovedì a mezzogiorno, bussai alla porta di Maxim e Sasha .

«Hai già finito di far urlare Sasha?» chiesi quando Maxim arrivò alla porta senza camicia e con i capelli arruffati.

«Non parlare di mia moglie a meno che tu non voglia morire» rispose semplicemente. «Cosa vuoi?»

«Portarvi entrambi a pranzo.»

«Oh, dannazione. Sento una proposta in arrivo.»

Sì, sono proprio stronzo così.

«La proposta è di Pavel?» gridò Sasha. «Ooh, non vedo l'ora di sentire. Posso venire?»

«Credo che tu l'abbia appena fatto» si vantò Maxim. «E più volte, grazie alla mia lingua.»

«Questo *non* volevo sentirlo.» Mi misi le dita sugli occhi per coprirli.

«Certo che puoi venire: sono i tuoi soldi, *cachapok.*»

«Che controlli tu» La ragazza mise il broncio, e apparve dietro a Maxim in un accappatoio viola di seta, i capelli rossi in un groviglio selvaggio per l'amore appena fatto.

«Usciamo tra trenta minuti» promise Maxim.

«Ah sì?» Francamente, non potevo credere che non mi avesse già zittito. Il fatto che si stesse anche interessando alla mia proposta mi dava speranza.

Maxim chiuse la porta con un sorriso. «Certo. Tu il pranzo non lo offri mai.»

Mi resi conto di sollevare le labbra in un vago sorriso. Forse poteva funzionare. Sasha e Maxim uscirono venti minuti dopo. Sasha indossava un bustino sopra un top trasparente a maniche lunghe, mostrando come al solito il suo corpo scolpito. Maxim glielo permetteva perché la rendeva felice. L'esuberanza faceva parte della sua personalità, ma ero sicuro che avrebbe voluto uccidere ogni uomo che la guardava, me compreso. Ovviamente io facevo attenzione a non guardare mai.

«Eccolo qui» disse Sasha mentre passava davanti alla cucina e mi prendeva il braccio. «Non vedo l'ora di sentire lo scoop.»

«Non toccarlo» Maxim serrò i denti, e Sasha fece un ampio sorriso prima di comportarsi bene e lasciarmi ricadere il braccio. Maxim, il nostro risolutore, era riuscito a domare la sua sposa ribelle, ma a malapena. Ci infilammo le giacche.

«Dove stiamo andando?» chiese Sasha.

«Scegli tu» le dissi.

«Andiamo alla nuova spiedineria. Sto morendo di fame.» Spalancò la porta e si lanciò nell'ascensore.

«Appuntamento economico» mormorai mentre Maxim e io la seguivamo. «Mi piace.»

«Non è l'appuntamento tuo» ringhiò Maxim.

«Scelta di parole infelice» concordai.

«Allora: cos'hai fatto al regista?» Sasha fece le fusa una volta all'interno dell'ascensore diretto al piano terra.

«Non chiederglielo» lo avvertì Maxim. Non che io glielo avrei detto.

«Ho sentito che ha avuto una parte.» Sasha sollevò le sopracciglia e un brivido di avvertimento mi fece rizzare i peli sulla nuca. Se sapeva fare due conti, quanto ci sarebbe voluto a Kayla per fare due più due?

Il mio cuore accelerò inspiegabilmente, come se fossi stato in pericolo. E forse lo ero. Nel pericolo di rovesciare quella casa di carta che stavo cercando di costruire con Kayla.

Sasha percepì il mio allarme. «Ah, è opera *tua*. Lo immaginavo. Lei non lo sa» mi assicurò. «Pensa di aver fatto tutto da sola. Faresti meglio ad assicurarti che le cose rimangano così.»

«E *tu* faresti meglio a…» attaccai, poi modificai il tono quando la narice di Maxim si infiammò. Mi pizzicai il ponte del naso. «Per favore, non dirglielo.»

«Ah, Pavel ha detto *per favore*.» Sasha lanciò uno sguardo felice verso Maxim. «L'amore lo sta cambiando.»

Volevo negare di essere innamorato, ma mi fermai perché sarebbe stata una bugia. Ero innamorato. Ecco il punto centrale del pranzo. Ero innamorato e stavo cercando di capire come farmi una vita con la ragazza che aveva ricucito i brandelli della mia anima. L'ascensore si fermò al piano terra, uscimmo e passammo davanti a Majkl, un brigadiere bratva che fungeva da portiere per l'edificio. Un portiere molto ben armato e protettivo. «Sasha…?» Cercai di non dirlo ringhiando. Majkl corse ad aprirle la porta.

«Non glielo dirò» promise, rivolgendo a Majkl un sorriso e un saluto mentre passava. «Ne rimarrebbe devastata. Pensa di avercela fatta grazie al talento, proprio come ha sempre sognato.»

«Grazie, amico» mormorai a Majkl mentre la teneva aperta anche per me. Cercai di allontanare la sensazione sempre crescente di aver combinato un casino.

«Ma *ce l'ha fatta* grazie al talento» insistetti una volta in strada.

«Vero. Lo so» disse Sasha rapidamente. «Kayla è talentuosa, di sicuro.» Percepii la mancanza di convinzione nella sua voce e desiderai strangolarla. Anche lei era un'attrice, e aveva modificato i suoi sogni a causa del matrimonio forzato con Maxim. Le cose però per lei avevano funzionato. Di recente aveva ottenuto il ruolo principale nel musical *Anna Karenina*. Non lo avrei mai chiesto a Kayla, però. Il suo cuore era deciso a fare le cose in grande.

Fuori c'era il sole, ma il vento di aprile sferzava il lago e ci colpiva mentre coprivamo i pochi isolati fino alla spiedineria.

Maxim e Sasha ordinarono per primi, poi io feci la mia ordinazione, pagai e mi unii al loro tavolo.

«Allora?» Sasha si strofinò le mani, tutta entusiasta. Mi stava facilitando le cose, ed ero anche onorato dal fatto che fossero lì ad ascoltarmi. Passai lo sguardo dall'uno all'altra.

«Il settore immobiliare a Los Angeles sembra una scommessa sempre sicura» iniziai. Maxim agitò le sopracciglia: non sapevo bene se significava che era d'accordo o sorpreso dall'argomento. «Ho fatto qualche ricerca, e il costo medio di una casa a Los Angeles è di novecentocinquantamila dollari. I prezzi hanno registrato una tendenza al rialzo a un tasso dell'undici e otto per cento su base annua. Credo che ciò significhi che un gran numero di residenti è costretto ad affittare. Investire in un condominio piccolo ma di lusso potrebbe rivelarsi redditizio, a lungo termine. Ne ho chiamato uno quando ero lì: dodici unità più una suite attico per cinque milioni e tre. C'è una piscina sul tetto.»

Diedi un lungo, disperato sorso alla Dr. Pepper che avevo ordinato. Avevo la bocca secchissima, maledizione.

«Cosa proponi?» chiese Maxim.

«Ho ottantasette mila dollari da parte. Non mi avvicino neanche al dieci per cento, ma mi chiedevo se avresti preso in considerazione il finanziamento del mio mutuo o l'idea di diventare un mio vero e proprio socio.»

Un cameriere portò la carne al tavolo e noi ci buttammo.

«Gestiresti tu la proprietà?» volle sapere Maxim.

«Sì.» Non era completamente fuori dalle mie corde. Avevo visto Ravil gestire le sue, e se necessario investivo forza o muscoli ovunque ci fosse bisogno.

«A tempo pieno? Sul posto?»

Mi trattenni dal battere ciglio alla domanda. «L'idea è questa.»

«Hai parlato con Ravil?»

«Indirettamente. Mi ha detto che non mi avrebbe fatto uscire. Ma poi ha detto che nessuno mi darà la vita che voglio, che devo prendermela. E quindi adesso me la prendo.»

Maxim strinse le labbra. «Forse sei sulla strada giusta.»

Mi sfuggì un sospiro di sollievo.

«Allora?» Guardai entrambi.

Maxim si girò verso Sasha.

«Sì!» esclamò battendo le mani. «Sono felicissima per te.»

Maxim guardò la moglie divertito. A me disse: «Sai che tutto dipende dal fatto che tu mantenga Kayla felice, giusto? Perché a Sasha non interessa nient'altro.»

Deglutii. Non perché non volessi rendere Kayla felice. Ma perché non c'era mai stato nulla per cui fossi meno qualificato.

Avevo la gamma emotiva di un ghiacciolo. Non avevo mai avuto una ragazza. Sapevo soddisfarla sessualmente, sì. Ma a parte quello, non sapevo nulla su come si teneva una donna. Ma annuii, perché il senso di tutto era proprio lì. Ecco perché dovevo stare a Los Angeles.

Maxim finì la carne e si pulì le labbra col tovagliolo. «Mi occuperò dei termini.»

A malapena riuscii a impedirmi di sputacchiare di un sorpreso sollievo. «Tutto qui? Ci state? Era così facile?»

Maxim sorrise. «Non hai ancora visto i termini.»

«Vero.»

«Né quelli di Ravil» aggiunse. «Non sarai libero, ne sono sicuro. Potrebbe volere un assaggio dell'impresa. O che tu ne metta in piedi un'altra per suo conto.»

«Certo. È il *pachan*.» Non mi sarei opposto ad alcun termine impostomi da Ravil.

Maxim era una storia diversa, ma al momento ero incline a provare nient'altro che gratitudine. La settimana precedente i fratelli avevano dimostrato di essere fratelli nel vero senso della parola. Non solo nel business bratva, ma oltre. Più di quanto avessi mai creduto possibile.

«Kayla lo sa?» chiese Sasha.

Scossi la testa. «Non dirle nulla. Non fino a quando non avrò elaborato i dettagli… per favore» aggiunsi.

Sasha finì il suo spiedino e accartocciò la carta in cui era stato avvolto. «Ok. E Maxim ha ragione. Tutto dipende dalla sua felicità. Combina un casino con lei e ti seppellisco. Capito?»

Prese una forchetta di plastica e me la puntò alla gola. Mi sentivo tanto leggero che gliela strappai di mano con un sorriso. «Non lo farò mai.» Ferirla era un altro discorso. Era qualcosa che facevo regolarmente, di proposito e per caso. Ecco l'aspetto che mi terrorizzava di più.

Kayla

Tenni la chiave magnetica di plastica in mano fino alla porta della camera d'albergo e la spinsi per aprirla quando la serratura si illuminò di verde. Appena fui dentro, eseguii gli ordini e chiamai Pavel.

Era sabato pomeriggio, e Pavel non era ancora arrivato perché il capo non gli aveva permesso di venire il giorno prima; probabilmente aveva del lavoro da fare. Non lo sapevo, e ovviamente non l'avevo chiesto. Il business era off-limits.

Mi aveva chiamato nel pomeriggio per dirmi che si

stava imbarcando sull'aereo e che dovevo venire al Four Seasons e fare il check-in per lui.

«Non voglio che aspetti in quella hall eccitando tutti gli uomini ogni volta che accavalli e scavalli le tue cazzo di gambe bollenti» mi aveva detto. «E non voglio che porti dentro la borsa. Lascia che lo faccia il fattorino. Prendi un bicchiere di champagne, entra nella stanza e chiamami quando sei lì. Per allora spero di essere sceso dall'aereo.»

Rispose. «Ci sei?»

«Sono qui, padrone.»

«Spogliati.» Sembrava in auto. Oh Dio, speravo che non stesse venendo con un uber e che l'autista potesse sentire.

«S-sei qui?»

«Ho detto spogliati, piccola schiava. L'unica risposta dovrebbe essere: sì, padrone.»

L'eccitazione svolazzò nel mio stomaco al tono dominante. Chissà perché mi piaceva essere dominata tanto. Forse avevo bisogno di una terapia, ma in quel momento non mi interessava.

Ero disperatamente desiderosa di stare di nuovo con Pavel. Di averlo lì a comandarmi, controllarmi, sottomettermi. Non che dovesse forzarmi. Non ero il tipo di sottomessa bisognosa di essere addomesticata. Ero una sottomessa servizievole, cercavo sempre di compiacere.

«Sì, padrone.»

«Brava.»

«Ehm, resti al telefono?»

«Sì. Metti il vivavoce mentre ti togli i vestiti.» Obbedii, lasciando cadere il telefono sul letto per levarmi l'abito in maglia aderente.

«Tutto?» chiesi. Ero trafelata.

«Hai i tacchi?»

«Stivali con tacco alto.»

Gemette. «Mi sto mordendo le nocche, piccola schiava. Ma toglili. Puoi rimettere tutto quando avrò finito con te. Avrò bisogno che mi mostri l'abito sexy che hai scelto per me.»

«Sì, padrone.» Slacciai gli stivali e li tolsi, poi mi tolsi le mutandine rosse e il reggiseno. «Sono nuda, signore.»

«Sdraiati sul letto, fiorellino.»

Strisciai sul letto. «A faccia in su o in giù, padrone?»

«Faccia... in che modo ti sdrai quando ti tocchi a casa, piccola schiava?»

«A faccia in giù.»

«Cazzo.»

Mi scappò una risatina. Non era da Pavel manifestare la sua tortura. Mostrava raramente le sue carte. Che stesse iniziando a scaldarsi? Ad aprirsi?

«Voglio che ti sdrai a faccia in giù, fiorellino. Usa un cuscino, se ne hai bisogno. E voglio quelle dita tra le tue gambe.»

«Sì, padrone.» Feci scivolare un cuscino sotto il petto e le dita tra le gambe.

«Dimmi cosa provi.»

«Sono già bagnata, padrone» confessai. Qualche settimana prima non sarei stata in grado di rispondergli, ma mi aveva fatto così tante richieste durante il sesso telefonico che avevo perso alcune delle mie inibizioni. Non da arrivare a parlare sporco, ma almeno rispondevo alle domande.

«Brava ragazza. Ho bisogno che tu ti tenga bagnata per me, ma non venire.»

«Sì, padrone.»

«Tieni il telefono acceso, così ti sento. Se vieni prima del mio arrivo, ti frusto con la cintura e ti lascio quella tua bella figa vuota mentre ti scopo il culo, capito?»

Piagnucolai, perché la minaccia mi fece quasi venire.

«*Capito?*»

«S-sì, signore. Sì, ho capito.»

«Dimmi cosa stai facendo.»

«Ehm, mi sto strofinando il clitoride con il medio, signore.»

Sentii un basso brontolio di approvazione. Un'altra novità.

«Bene. Hai la figa pronta per me? Perché avrò bisogno di entrarti dentro nell'istante in cui varcherò la soglia della camera.»

Piagnucolai di nuovo.

«*Non venire.*»

«No» dissi velocemente. «Farò la brava, padrone.»

«Mi sei mancata ieri, fiorellino. Mi dispiace di non poter essere lì a prendermi cura delle tue esigenze.»

«Mi... mi sei mancato anche tu.» Era difficile parlare di quanto fossi eccitata. Il calore mi turbinava nel bacino, il clitoride gonfio pulsava. Le mie pieghe lisce erano fradicie e paffute, avide del mio tocco.

No, avide del *suo* tocco.

«Ti prego» mormorai.

«*No.*» La sua voce era acuta. «Non permetterti di venire.»

«Non lo farò. Ho bisogno di te» gemetti. Sentii lo stridio dei freni e poi una portiera sbattere.

«Quella figa mi appartiene, fiorellino. Sarò molto deluso se stavolta mi disobbedirai. Dico sul serio.»

Emisi un piccolo lamento e tirai fuori la mano da sotto di me. «Non lo farò!»

«Hai smesso di toccarti?»

«Ma come fai?» chiesi, meravigliata. Emise una morbida risatina. Sentii il rumore dell'ascensore. Grazie a Dio. Era vicino.

«Ti ho detto di toccarti, ed è quello che voglio che tu faccia.»

Mi lamentai. «Sì, signore.» Feci riscivolare la mano tra le gambe. Un altro ding dell'ascensore, ma stavolta lo sentii sia dal telefono sia dal fondo del corridoio.

«Aprimi la porta.» Il comando fu ancora più morbido, da sua abitudine. Più le cose diventavano intense, più morbido diventava lui. Saltai giù dal letto e spalancai la porta. Le sue labbra sbatterono sulle mie nel momento in cui la varcò.

Fu un bacio punitivo, la sua lingua mi sferzava tra le labbra. Inclinò la testa per un verso e poi per l'altro, poi di nuovo nella prima direzione. Mi accompagnò all'indietro verso il letto, catturandomi i polsi tra le mani. Me li sollevò sopra la testa, piegandosi per succhiarmi un capezzolo.

«Ti prego!» gridai. Ero già disperatissima dal bisogno di venire.

«No.» Fu tanto fermo da sembrare quasi arrabbiato, ma dalla spinta della sua spessa erezione contro la mia pancia capii che in quel momento soffriva tanto quanto me. Mi succhiò l'altro capezzolo nella bocca, raschiando i denti sulla carne sensibile.

«Ti prego. Pavel!» socchiusi le palpebre. *«Padrone.»*
«Padrone.»

Mi baciò di nuovo, tenendomi ancora i polsi in alto, sopra la testa. «Mi piace quando implori, fiorellino. Tirami fuori il cazzo» Mi liberò le mani e si concentrò sui capezzoli, stringendoli e rotolandoli tra i polpastrelli. Puntai la fibbia sulla sua cintura, le dita mi tremavano. Aprendola, gli sbottonai i pantaloni e abbassai la cerniera. Il cazzo si gonfiò attraverso la fessura, sforzandosi di liberarsi. Spinsi giù i boxer per avvolgergli attorno la mano.

«Padrone, per favore, posso succhiarti il cazzo?» Mi

godetti il brivido che lo attraversò. L'impennata del cazzo nella mia mano.

«Bagnalo.» Il comando fu roco e profondo. Caddi in ginocchio, e afferrai la radice del cazzo. Leccandomi le labbra per inumidirle, glielo accarezzai dalla radice alla punta e poi mi feci scivolare la cappella in bocca. Lo presi lentamente, assaggiando una goccia della sua essenza salata mentre gli facevo roteare la lingua sul lato inferiore della lunghezza.

Mi passò le dita tra i capelli, più una carezza che un dominio, ma poi le parole gli uscirono dure. *«Basta così.»*

Mi staccai subito; lo sguardo volò sul suo volto per vedere se lo avevo scontentato.

La bramosia che vi vidi mi fece battere il cuore. Stava iniziando a mostrarsi a me. Quella era la cosa che mi emozionava di più, più di ogni altra cosa che avesse mai fatto.

«Mostrami come ti toccavi prima che entrassi.»

Lì in piedi, chiusi le dita tra le gambe, ma lui scosse la testa e sollevò il mento verso il letto.

«S-stavo così, padrone.» Strisciai sul materasso e mi sdraiai a pancia in giù, con la mano sotto i fianchi. Sapere che guardava lo rendeva un gioco diverso. Aprii le gambe per permettergli di vedere, inarcai il culo in aria. Ero incredibilmente bagnata, morivo dalla voglia di averlo dentro di me.

«Carino. *Gospodi,* è fottutamente bello, Kayla.» Si arrampicò su di me. «Passo ogni finesettimana a memorizzare quanto *sei fottutamente bella* quando obbedisci al tuo padrone.»

Il mio corpo si accese ovunque al brivido della sua lode. Chiusi la mano per mostrargli quanto mi eccitava compiacerlo. Sapere che mi stava guardando.

Sentii il tintinnio della sua cintura e il fruscio dei suoi

vestiti, e poi si arrampicò su di me e spinse la cappella attraverso i miei succhi. Mi strofinò il clitoride con movimenti circolari e le dita dei piedi mi si arricciarono letteralmente, gli archi si sollevarono per il piacere. «Grazie per esserti presa cura della mia figa fino al mio arrivo.» Si spinse dentro con un movimento fluido, seppellendosi in profondità.

Gridai, inarcandomi per il delizioso piacere che mi provocò.

«Passerò il resto della notte a tenerla bagnata e soddisfatta.»

Si rilassò, poi spinse di nuovo in profondità. Gemetti dolcemente. Stasera sembrava tutto diverso. Pavel era diverso, meno riservato. La sua passione non era sobria né trattenuta. Roteai i fianchi all'indietro per portarlo più in profondità. Prese velocità, col respiro già affannato di un bisogno ovviamente disperato quanto il mio. Si appoggiò su una mano accanto alla mia testa e mi tenne la nuca per tenermi ferma con l'altra mentre mi cavalcava forte e veloce.

«Pavel... padrone» sussultai, già sfrecciando verso il traguardo.

«Verrai quando lo farò io» ringhiò, e dalla voce ruvida capii che c'era vicinissimo.

«Sì!» gridai.

Entrò e uscì rapidamente da me mentre la stanza girava. Avrei voluto che durasse per sempre. Avevo bisogno che arrivasse al suo culmine. I miei muscoli si strinsero attorno al cazzo.

«Non venire senza di me» avvertì, pompando più velocemente.

«No» promisi, pur non sapendo se sarei riuscita a mantenere la promessa. Ma non aveva importanza, perché era in procinto di venire. I suoi colpi si fecero ruvidi e selvaggi, e poi si spinse in profondità e gridò. Venni, stringendogli il cazzo con le mie pareti interne in piccoli impulsi stretti mentre ondate di beatitudine si srotolavano dal mio nucleo alle dita delle mani e dei piedi. Pavel coprì il mio corpo con il suo, baciandomi la parte posteriore del collo, sfiorandomi l'orecchio col suo alito caldo. «Mi sei mancata» disse.

Era la seconda volta che lo diceva.

L'uomo che non comunicava nulla dei propri sentimenti. Stavo precipitando nell'amore per l'uomo con cui non potevo avere un futuro.

Per l'uomo che viveva con Sasha e che sarebbe tornato in Russia.

Alla fine di tutto, il crepacuore sarebbe stato esponenziale.

Speravo di essere abbastanza forte da resistere.

Pavel

Seppellii il viso tra i capelli di Kayla e ne inspirai il profumo di fiori primaverili. Presto, se fossi riuscito a mettere insieme le cose, quei momenti con lei non sarebbero più sembrati rubati. Come un'altra legge che avevo infranto. Stava iniziando a sembrare possibile l'idea che Kayla potesse davvero essere mia. Non solo la mia sottomessa, ma completamente mia. Più mi permettevo di vedere che poteva accadere, più mi sentivo leggero.

Pazzesca questa sensazione di galleggiamento.

Il telefono di Kayla squillò e lei gemette.

«Scusami, padrone; non ho tolto la suoneria.»

Le mordicchiai l'orecchio. «Questo perché ci stavi parlando con me» le ricordai. «Devi guardarlo?» Lo cercai con la mano. Era sul letto vicino alle nostre ginocchia.

Trovatolo, controllai lo schermo e glielo passai. «Jagger Mason.»

«No» disse, scorrendo verso sinistra sullo schermo. Mi allontanai e lei si rotolò sotto di me.

«Chi è quest'uomo che devo uccidere perché ha il tuo numero?»

Le risate le illuminarono quel suo bel viso. «Oh mio Dio, ma hai addirittura fatto una battuta?»

Buttai via il telefono. «Dipende.»

Continuò a sorridere. «Gestisce il nostro lavoro di promoter. Gli avevo già detto che stasera non posso lavorare. Non so perché chiami.»

«Potrei ucciderlo per te» mi offrii.

Ridacchiò. Un suono musicale mi entrò nel petto e vi rimbalzò, illuminandone ogni ombra scura.

Le sorrisi, inebriandomi di tutta la sua dolcezza. Il telefono squillò di nuovo.

«Ora lo ammazzo» le dissi cercando il cellulare. Lo schermo indicava Kimberly.

«È Kimberly. La tua coinquilina, giusto?»

Lei aggrottò le sopracciglia e si allungò verso il telefono, così mi arrampicai su di lei e glielo passai.

Si sedette; il solco tra le sopracciglia diventò più profondo mentre rispondeva. Andai in bagno a lavarmi mani e viso.

«Oh Dio» gemette Kayla al telefono, andando alla porta del bagno. «Non so, cioè, Pavel è appena arrivato e resta solo una notte. Aspetta che glielo chiedo.»

Mentre mi asciugavo le mani, sentii il suono metallico della voce di Kimberly all'altro capo della linea.

«Perché devi chiederglielo? Ti controlla davvero così tanto? Dai, sei un'adulta. Puoi prendere questa decisione da sola e *dirgli* cosa decidi.»

Non ero tipo da prendere le critiche sul personale,

quindi non me ne sarebbe fregato nulla se non avessi visto l'effetto delle parole di Kimberly sul viso di Kayla. Mi venne voglia di dare un pugno al muro. Era diventata pallida, con gli occhi rotondi. Sembrava quasi che avesse mal di stomaco.

Cristo, pensava che la controllassi *troppo*? Probabilmente era vero, perché entrai nel suo spazio e le presi i gomiti. «Dille che la richiami» mormorai.

«T-ti richiamo» disse al telefono.

Sentii Kimberly protestare, ma Kayla chiuse la chiamata, guardando il telefono quasi come se ne avesse avuto paura.

«Cosa sta succedendo?» Le presi il cellulare e lo posai sul ripiano del bagno.

«Credo che l'evento di lavoro di stasera sarà preso d'assalto, e hanno bisogno di aiuto. Kimberly dice che Jagger ha detto che se non mi presento sono licenziata e non farò altre promozioni con loro.» Mi scrutò, come valutando la mia risposta.

Io cercai di valutare la sua. «Ma tu stasera non vuoi lavorare.»

Allargò le mani. «Beh, no. Voglio dire, resti solo una notte. Questo è il nostro tempo insieme.»

«Quindi non ci vai» dissi. Io ero il suo dominatore, e lei guardava a me per prendere una decisione. Se poteva aiutarla che facessi la parte del cattivo, nessun problema; sicuramente non me ne fregava un cazzo.

Ma la sua espressione divenne sempre più angosciata. Si incurvò. «Non lo so, non voglio lasciare in difficoltà le amiche. Insomma, uno dei motivi per cui non gli piaci credo sia dovuto al fatto che gli manco. Non lavoro più con loro.» Sbatté le palpebre per ricacciare indietro lacrime.

«Non gli piaccio?» Cazzo, ma perché era la prima volta che ne sentivo parlare? Certo, era totalmente colpa mia.

Non avevo mai nemmeno chiesto delle sue coinquiline. Né di conoscerle. Cristo, avrei almeno potuto provarci. Non avevo mai visto casa sua. Cosa che improvvisamente mi parve una grave mancanza da parte mia. E quante altre ne avevo fatte?

Scossi la testa. «Non importa» La presi per le spalle. «Cosa vuoi fare, Kayla? Sono un adulto, non metterò il broncio se hai bisogno di andare a lavorare. Posso portartici, stavolta ho noleggiato un'auto.»

Mi fissò con i suoi grandi occhi. Si bloccarono sul mio viso per guardarmi come fossi stato il dio che aveva appena acceso la luna.

«A-andrebbe bene? Voglio dire, sei venuto fin qui e adesso sto rovinando...»

«Non rovini niente» la interruppi, scostandole i capelli dal viso.

Una scintilla di speranza le fece brillare gli occhi.

«Potresti rimanere lì, insomma, se vuoi. È un evento privato in una discoteca, ma sono sicura di poterti far entrare. Ma probabilmente ti annoieresti…»

«Certo.»

Spalancò gli occhi dalla sorpresa. «Verresti?»

«Certo. Voglio vederti lavorare.»

«Ottimo!»

Ora era felice. Illuminata come un albero di Natale di una gioia pura e senza filtri. Recuperò il telefono per richiamare la ragazza.

Era qualcosa di cui sapevo così poco ma che stava iniziando a insinuarsi dentro di me.

Andare al lavoro portandomi con sé la rendeva felicissima. No, non era quello. È che era una compiacente. Era felice perché non aveva dovuto deludere me né le coinquiline. Chissà se sapeva anche cosa voleva davvero *lei*.

Decisi che il mio scopo era capirlo. Ecco quello che

faceva un bravo dominatore. Ecco quello che faceva un fidanzato.

Lei e Kimberly si misero d'accordo e concordarono di incontrarsi lì quaranta minuti dopo. Le cinsi la vita con un braccio mentre si fiondava in doccia.

«No, fiorellino. Se stasera sarai fuori a servire altri uomini, voglio che tu abbia addosso l'odore della mia sborra.»

Trattenne il fiato.

Le diedi uno schiaffo sul culo nudo. «Voglio le impronte delle mie mani sulla tua pelle e la tua figa abbastanza dolorante da ricordarti che stasera sono già stato nelle tue profondità e che domattina ti rivolterò come un calzino.»

Emise un leggero gemito di desiderio, e io le mordicchiai l'orecchio.

«Ti amo» mormorai.

Ecco. L'avevo detto. Era la verità, ma mi era stato difficile confessarlo ad alta voce per la prima volta. Ora padroneggiavo quelle parole proprio come padroneggiavo lei.

Si girò tra le mie braccia, ma seppellì il viso contro il mio petto, come se la situazione fosse stata troppo intensa per lei. Mi morse il petto, e risi di gusto.

Io.

Che ridevo.

L'amore mi stava decisamente cambiando.

«Vestiti» le dissi, spingendola delicatamente via. Le diedi un altro schiaffo forte, perché prima sulle mie impronte su di lei ero stato serissimo.

Non che non le volessi sempre.

Presto, se fossi riuscito a far quadrare tutto, le avrebbe sfoggiate ogni cazzo di giorno e ogni cazzo di notte.

16

Kayla

Arrivai alla discoteca prenotata per l'evento privato giusto in tempo.

Il lavoro richiedeva di ottenere iscrizioni per consulenze assicurative, il che era probabilmente il motivo per cui Chuck non era riuscito a convincere nessuna a sostituirmi. Personalmente, pensavo che il concetto fosse carente.

Certo, sapevo convincere un ragazzo a iscriversi perché ero carina, indossavo una maglietta aderente e gli prestavo attenzione, ma le probabilità che poi non si presentasse all'appuntamento concordato era molto alta. Quale incentivo avrebbe avuto per andarci? Ma quello non era un mio problema. Ci venivano pagati un fisso più un bonus per ogni appuntamento preso, quindi quegli stupidi eventi potevano farsi redditizi.

Ero però gratissima che Pavel fosse stato disposto a venire. Non volevo stare lontana da lui nemmeno per un minuto. Soprattutto visto che sarebbe rimasto in città solo ventiquattr'ore. Soprattutto visto che mi aveva appena detto che mi amava.

Mi amava!

Stavo ancora fluttuando. Non che cambiasse la situazione. Però mi faceva cantare l'anima. Sapere che provava quello che provavo io.

Pavel parcheggiò l'auto a noleggio e smontammo.

Kimberly, Ashley e Sheri stavano uscendo dalla Mini Cooper di Ash nello stesso momento, e Ashley salutò e gridò. Feci un cenno di saluto e corsi verso di loro, poi mi fermai, rendendomi conto di essere stata scortese nei confronti di Pavel.

«Scusa» dissi, tornando indietro.

«Non ho bisogno della babysitter.»

C'era indulgenza nel suo tono, del tipo che di solito sentivo solo dopo che mi aveva sottoposta a una lunga notte di torture, al momento delle coccole successive. Ma quella sera era stato più apertamente affettuoso fin dall'inizio.

Mi faceva sentire come se potessi volare.

Gli feci un sorriso e corsi dalle mie amiche, beh, corsi come potevo con gli stivali con tacco alto.

«Ecco la tua maglietta.» Sheri mi lanciò un top corto rosa acceso con il nome dell'agenzia assicurativa stampato in nero sulle tette.

«Ti ho portato anche la gonna, perché non sapevo cosa indossavi.»

Avevo un vestito di maglia, quindi era un bene che avesse portato la gonna. A parte che vidi Pavel arrabbiarsi alla mini in finta pelle nera.

Imprecò in russo a bassa voce.

«Lui è Pavel» dissi allegramente, anche se ovviamente lo avevano già intuito.

«Pavel, loro sono Kimberly, Ashley e Sheri.»

Strinse loro le mani, con uno sguardo freddo e valutante che viaggiava su ciascuno dei loro volti. Sapevo che aveva sentito quello che Kimberly aveva detto su di lui al telefono, e stavo ancora rabbrividendo per la cosa. Non che Pavel sembrasse il tipo da rimaner ferito nei sentimenti, ma avrei voluto – volevo – che andassero d'accordo.

Ma Pavel non era come il marito di Sasha, Maxim, il tipo che affascinava le donne con il suo atteggiamento potente ma benevolo.

Pavel era Pavel, il cattivo ragazzo dall'aria pericolosa e dal sorriso che ci si guadagnava solamente dietro duro lavoro.

Le mie amiche avrebbero potuto non vedere quello che vedevo io fin dall'inizio.

Ma speravo che alla fine lo avrebbero visto.

Entrammo e dissi a Chuck che dovevo cambiarmi ma sarei stata pronta in pochi minuti. In bagno mi tolsi il vestito di maglia e indossai il top corto e stretto e la minigonna.

Mi sfiorai il culo con le mani, ricordando il bruciore dello schiaffo di Pavel. Le parole possessive che mi aveva ringhiato all'orecchio sull'odore della sua sborra.

I capezzoli mi diventarono duri e si sfregarono contro il reggiseno.

Fuori, in pista, la sala stava già iniziando a riempirsi. Pavel era al bar con in mano un alto bicchiere con un liquido trasparente: vodka, presumevo. Mi venne in mente che non ne conoscevo il suo tipo preferito. E nemmeno quello che gli piaceva mangiare, oltre al servizio in camera.

C'erano tantissime cose che non sapevo di lui. Sarei mai riuscita a scoprirle? Quella sera, per una qualche ragione, mi sentivo fiduciosa. Quella sera tutto sembrava aperto. Differente.

Mi incontrai con Chuck per avere il libro degli appuntamenti e l'incarico e mi diressi verso la folla.

Si trattava di una specie di convention per giovani uomini d'affari – chissà che affari esattamente, ma fondamentalmente il posto era pieno di ragazzi bianchi in giacca e cravatta, tutti con l'aria di essere appena usciti dal college.

Considerato il modo in cui stavano affollando l'open bar, magari al college ci andavano ancora. Un paio d'ore e sarebbero stati delle dannate piovre. Avevo già visto scene così. Lanciai un'occhiata a Pavel, contenta di scoprire che mi stava guardando con quell'intensità che mandava scosse di calore al mio nucleo.

Mi diressi verso la folla, mi mescolai con gli uomini, ci chiacchierai, gli feci inserire i numeri di telefono nel sistema per gli appuntamenti.

Ovunque andassi, l'inesorabile attrazione dello sguardo di Pavel mi seguiva, una connessione invisibile tra noi che avrebbe potuto usare per farmi tornare al suo fianco con un lieve cenno del capo.

Ma non mi accorciava il guinzaglio. Non teneva il broncio malgrado la svolta degli eventi, anche se io lo avrei voluto. Ora che ero lì, ero arrabbiata perché avevo deciso di venire. Il lavoro era stato un ottimo modo per pagare l'affitto nell'ultimo anno, ma non contribuiva ad arricchirmi il curriculum né a farmi conoscere persone influenti.

Mi sentivo sotto pressione per via di Kimberly, forse perché giudicava la mia relazione con Pavel. Il fatto che le mie coinquiline pensassero che mi fossi infilata in una relazione malsana mi preoccupava, ma loro la perversione non la capivano. Sasha di più, ma era piuttosto lontana dalla normalità. Era cresciuta nella bratva. Suo padre aveva una mentalità così medievale che le aveva combinato il matrimonio.

Quando ci pensavo, cose come portare Pavel nel Wisconsin per conoscere i miei erano piuttosto difficili da immaginare.

Quello che avevamo non era normale.

Ma la normalità non era sopravvalutata?

A metà del turno, persi il controllo. Di solito lavoravo agli eventi come se venissi valutata per un eventuale dieci in pagella, ma stasera non riuscivo a vederne il motivo. Gli avventori erano asini, e il cliente per cui stavamo lavorando dannatamente dozzinale, visto che usava ragazze sexy per vendere i suoi stupidi prodotti assicurativi. E poi probabilmente era una specie di truffa.

O forse, quando confrontavo l'importanza di eseguire bene quel lavoro rispetto all'importanza dell'uomo che mi aspettava pazientemente al bar, non c'era paragone.

E poi adesso avevo un lavoro vero. Ero andata nell'ufficio di Lara e avevo firmato il contratto. Ora ero ufficialmente un'attrice con un ingaggio. Avrei comunque lasciato presto il posto di promoter. Con le riprese della serie, non avrei avuto tempo. Più ci pensavo, più mi infastidiva esser lì. Non che quella sera potessi mollare tutto. Avevo un'etica del lavoro troppo forte, io. Ma adesso sapevo di aver fatto la scelta sbagliata, che sia io sia Pavel stavamo pagando.

«Ehi.» Sentii la voce acuta di Pavel e mi girai: un imbecille ubriaco palpava il culo di Kimberly neanche fosse stato un impasto da maneggiare. Pavel si appoggiò al bar, apparentemente indifferente. «Giù le mani dalle donne.» Scattai rapida sui tacchi… non che Pavel o Kimberly avessero bisogno del mio aiuto.

«Cosa sei tu, il loro magnaccia?» sbuffò l'idiota, che però aveva lasciato andare il culo di Kim.

«Sono il ragazzo che ti farà ingoiare i denti, se non ti scusi con lei.»

Kimberly non era come me. Non scappava davanti agli scontri. Incrociò le braccia sul petto e inclinò la testa in attesa. Il ragazzo fece passare lo sguardo da Pavel a Kimberly.

«Scusa» disse, ben poco sincero.

Kimberly urtò con il fianco il suo tavolo, rovesciandogli in grembo la bevanda. «Ops. Scusa.» Abbandonò il tavolo con disinvoltura, venendo da me, accanto a Pavel.

«Grazie» disse a Pavel, e poi mi diede una gomitata. «Dovremmo portarlo a tutti gli eventi.»

«Sì, ma penso che questo sia l'ultimo per me» le dissi. «Non me la sento.»

Sbuffò. «Sì, fa schifo. Scusa se ti ho fatta sentire in colpa per spingerti a venire.» Puntò il dito contro Pavel. «Non punirla per questo, o qualsiasi cosa tu le faccia.»

Accanto a me, Pavel ci rimase di sasso.

Arrossii. «*Kimberly…*»

Fece spallucce. «Vabbè. Adulti consenzienti, eccetera.» Alzò gli occhi e ci lasciò.

«Mi dispiace» mi lagnai.

La gola di Pavel si mosse. Vidi il tormento che gli avevo già visto negli occhi la notte del balcone.

«Oh Dio. Non ascoltarla. Lei non capisce, ok? Noi sappiamo che quello che abbiamo è perfetto.» Premetti il mio corpo contro il suo. «È fantastico.»

Come al solito, era difficile da interpretare.

«Mi sono bagnata quando l'hai difesa.» gli mormorai all'orecchio.

Pavel mi avvolse un braccio intorno alla schiena. Mosse un muscolo della mascella. «È stato difficile per te? La nostra relazione, dico.»

«No» risposi immediatamente. «Affatto.»

«Ci sono conseguenze se menti, fiorellino.»

Aveva ragione. Era difficile, ma non nel modo in cui pensava lui. Ciò che era difficile erano le montagne russe dovute alla vicinanza e poi alla separazione. Dovermi rialzare da terra ogni lunedì dopo che lui tornava a casa. Una casa dove viveva con persone che lo conoscevano infinitamente meglio di me.

Il difficile era sapere che era tutto temporaneo, anche quel poco che avevamo. Si sarebbe trasferito in Russia lasciando me in America. E per una qualche ragione quel finale – che all'epoca in cui me l'aveva detto era parso lontano – ora sembrava sfrecciare sempre più vicino.

Perché più mi innamoravo, più mi terrorizzava la nostra inevitabile fine.

17

Pavel

Lunedì avevo fissato un appuntamento con un agente immobiliare a Los Angeles per vedere i condomini e passare tutto il giorno a vagliare i prezzi degli affitti e snocciolare numeri. Kayla mi riempiva la mente per tutto il tempo, ma non si trattava delle solite istantanee mentali. Di tutti i momenti dei finesettimana in cui mi aveva bruciato le retine con la sua incredibile bellezza…

Oggi pensavo a Kayla nel suo complesso. Le amiche, la carriera, la vita. Fino a quando non l'avevo vista lavorare da promoter e non avevo sentito il giudizio della sua coinquilina sulla nostra relazione, non avevo capito cosa stessi ignorando.

Non mi ero preso la briga di inserirmi nella sua vita: l'avevo solo presa in prestito dalla sua.

E ora pensavo che traslocando a Los Angeles sarebbe andato tutto bene?

No: la sera precedente mi aveva dimostrato che avevo del lavoro da fare. Lavoro in aree di cui conoscevo un cazzo. Ma le avrei conosciute, cazzo. Ecco cos'avrei fatto.

Mi squillò il telefono e guardai lo schermo. Mi sorprese vedere che era Kayla. Non ci chiamavamo molto, specialmente di giorno. Di solito era per del sesso telefonico prima di coricarci e rimboccarci le coperte virtualmente.

Un fremito di preoccupazione mi pizzicò la testa mentre rispondevo.

«Ciao, bella.»

Kayla singhiozzò.

Strinsi le dita a pugno, e la mano che teneva il telefono quasi lo spaccò.

«Cos'è successo?» Se si trattava di Ensign, avrei ucciso quel cazzone al calar della notte.

«No, no, non è niente. È solo… sub-drop, credo.»

Maledizione.

E il giorno prima non avevamo nemmeno giocato tanto duramente. Dopo aver dormito, l'avevo legata e l'avevo sculacciata un po'. L'avevo fatta venire una dozzina di volte, e poi ero dovuto andare all'aeroporto per tornare. Non aveva pianto. Non avevo spinto i suoi limiti di dolore o resistenza.

«Oh, *malyš*. Quanto vorrei esser lì per tenerti tra le braccia…» Il disperato bisogno di far cessare le lacrime mi fece alzare per camminare in circolo per la stanza. «Ti era già successo?»

Un altro singhiozzo. «Sì. Il lunedì è difficile per me. Di solito non va così male, però. Ecco perché ho chiamato. Avevo solo bisogno di sentire la tua voce.»

Mi bruciò il petto come se mi stessero strappando via i polmoni. Non credevo proprio che stesse attraversando roba del genere.

«Dove sei?»

«In camera mia. Oggi non mi sono neanche alzata dal letto. Ho bisogno di metabolizzare, però, perché stasera devo andare allo studio per conoscere alcuni membri del cast.»

«Hai mangiato, fiorellino?»

Un altro singhiozzo. «No.»

«Va bene. La tua chimica cerebrale ha bisogno di equilibrio. Alzati dal letto, fiorellino.»

«Sì, signore.»

Aveva ancora il pianto nella voce, ma la sentii muoversi.

«Ora vai a prepararti una bella doccia calda.» Aspettai di sentire scorrere l'acqua. «Ora voglio che tu faccia la doccia, ti vesta e ti prepari qualcosa per pranzo. O colazione. Qualunque cosa tu voglia. Chiamami quando hai finito.»

«Va bene.»

«Brava.»

«Grazie, padrone.»

Riagganciai e lanciai il telefono contro il muro. Rimbalzò e atterrò sul pavimento dopo qualche altro rimbalzo.

Lo ignorai e vagai per la stanza, infilandomi le dita tra i capelli.

Dannazione.

Ero un *male* per Kayla.

Non c'era da stupirsi che le sue coinquiline pensassero che c'era qualcosa di sbagliato nella nostra relazione. Se il nostro tempo insieme la riduceva a piangere e deprimersi dopo, non poteva essere giusta. Non ero migliore di mio padre. Sì, il nostro gioco era consensuale, ma io ero un mostro lo stesso. Mi piaceva ferire la donna che amavo.

Che cazzo c'era di sbagliato in me?

Presi telefono e cappotto. Senza parlare con Ravil, senza dire a nessuno che me ne andavo, uscii.

La mia piccola schiava aveva bisogno di me, e non c'era altro che contasse.

~

Kayla

Mi feci un panino al burro di arachidi e gelatina e mi versai un bicchiere di latte. Comfort food totale. Mi sedetti al tavolo e mi costrinsi a dare un morso, quindi ingoiai il panino con un sorso di latte.

«Stai male?» chiese Ashley entrando in cucina.

«No.» Iniziai immediatamente a piangere di nuovo.

«Oh, merda» disse abbandonando l'incursione al frigorifero per volare al tavolo e sedersi accanto a me. «Cosa c'è che non va? Tu e Pavel vi siete lasciati?»

Scossi la testa. «No. Mi manca e basta.»

Mi studiò. «La distanza ti sta facendo a pezzi, non è vero?»

«Non lo so. Forse. Penso che sia solo sub-drop, però.»

«Cos'è?»

«Beh, durante un'intensa scena sadomaso si scaricano endorfine e sostanze chimiche di benessere, e c'è lo sballo. Ma a volte in seguito provoca un grande calo. Ci vuole un po' prima che il corpo si riavvii e bilanci. Pavel di solito è presente per accudirmi e nutrirmi con un po' di cioccolato o un bel piatto e coccolarmi fino a quando non mi sento meglio. Ma a volte mi viene dopo che se n'è andato, e resto sola... e depressa.»

«Oh, piccola. Non va affatto bene, Kayla. Stasera non hai il primo incontro in studio?»

«Lo so» gemetti. «Ecco perché sto cercando di rimettermi in sesto.»

«Ce la farai» promise, anche se vidi pietà e preoccupazione trapelarle dall'espressione. «Sono sicura che ce la farai. Ma... non puoi lasciare che questa relazione influenzi la tua carriera. Ha già preso il sopravvento sulla tua vita; insomma, non ti vediamo più. Quando ci sei te ne stai rintanata nella tua stanza a fare sesso telefonico con lui. E l'idea di cedere tutto il controllo su di te a lui proprio non la capisco.»

Mi alzai dal tavolo senza aver mangiato il panino. Ashley magari non riusciva a farmi stare meglio, ma mi stava facendo incazzare, il che era meglio della depressione.

«So che non capisci. Nessuna di voi capisce, e questo sta rendendo tutto più difficile per me!» esclamai.

Sì, probabilmente sguazzavo in un po' di autocommiserazione, al momento.

«Aspetta, aspetta. Mi dispiace. Giuro che non sto criticando. Sono solo preoccupata per te. Lo siamo tutte.»

Mi tirò indietro, e poiché stavo già cadendo a pezzi crollai tra le sue braccia per un abbraccio.

«Sto bene. Sono contenta di Pavel. So che non sembra così in questo momento, ma lo sono. Ci stiamo avvicinando. Ora è più di mero sesso. Penso che sia questo il motivo per cui tutto sta diventando più difficile.»

«Perché non può essere il tuo ragazzo?» chiese gentilmente.

Mi irritai. «È il mio ragazzo. Solo che non può stare qui. E poi deve trasferirsi in Russia.» Abbassai le spalle.

«Non so, Kay. Dall'esterno sembra che la cosa ti stia facendo del male.»

Mi asciugai le lacrime. «Non è così.» Inspirai a fatica.

«Mi prometti una cosa?»

«Cosa?» chiesi.

«Che metterai un limite alla cosa, dovesse influenzare la tua carriera.»

«Non la influenzerà.»

«Ora promettimelo. Nel caso, le darai un taglio. Non voglio vederti buttar via tutto ciò per cui hai tanto lavorato.»

«Lo prometto.» Pavel non avrebbe mai interferito con la mia carriera. Sapeva quanto significava per me.

Mi arrivò un messaggio e mi avvicinai al tavolo per leggerlo. Era di Pavel. *Sto aspettando.*

Sentii le parole nella sua voce dominante, quella che mi faceva agitare.

Presi il panino e lo mangiai tutto mentre me ne stavo lì, senza preoccuparmi che Ashley mi guardasse ancora.

«Pavel ha detto che dovevo mangiare» spiegai.

«Bene, bene» disse Ashley. «Sono contenta che si stia prendendo cura di te.»

Annuii, sollevata di aver deciso di chiamarlo. Non volevo fare l'appiccicosa né la disperata né la strana, ma era pur vero che ... *avevo bisogno* di lui.

Quando finii il panino, mandai giù il latte e lo chiamai.

«Hai mangiato?» chiese.

«Sì, padrone» mormorai, abbassando la testa e borbottando in modo che Ashley non potesse sentire, anche se mi avevano già sentita in passato.

«Brava. Come stai adesso?»

«Un po' meglio.»

«Voglio che tu ti metta le scarpe e che esci a fare una passeggiata.»

«Ehm, va bene» dissi, andando in camera a prendere un paio di scarpe da ginnastica. Mi buttai addosso la giacca in jeans e mi diressi verso la porta. «Va bene, sto uscendo.»

«Bene. Passeggerò con te, fiorellino, e voglio che tu mi

dica quello che vedi. Cosa c'è di bello là fuori durante la passeggiata, oltre a te.»

Risi dolcemente, già più calma.

«Oh. Ehm... ok. Beh, in questo momento sono in ascensore.»

«Cosa c'è di bello?»

Cosa c'era di bello... in ascensore? Mi guardai intorno, vedendolo attraverso una nuova lente. «Beh, è pulito. Piuttosto semplice. Ma funziona sempre bene. Profuma di limone.»

«Di limone?»

«Sì. Dev'essere il detersivo. Ma è buono.» Le porte dell'ascensore si aprirono e ne uscii. «C'è una palma di fronte al mio edificio, e parte della corteccia è caduta.» Mi fermai sul pezzo di corteccia e lo fissai. «È a forma di cuore.» Inclinai la testa. «Anzi, sembra un corpetto strappato via da un amante.»

«Mmm. Un amante brutale.»

«Sì.» Proseguii guardandomi intorno alla ricerca di altro da segnalare. Notai le fioriere di cemento alla fine del marciapiede, e mi avvicinai per esaminare le piante.

«Ti piace brutale, *malyš*?»

«Sì.» Toccai la foglia a strisce verdi della pianta, in contrasto con le foglie viola di una tradescanzia. Proseguii, vedendo una donna con passeggino dall'altra parte della strada. «Vedo un bambino con pantaloni rosa che scalcia» riferii. «E piccole Crocs ai piedi.»

«Uhm. Che altro?»

«Un albero di jacaranda. Il mio preferito.»

«Che aspetto ha?»

«Ha bellissimi fiori viola. Ora è in fiore.»

Continuammo la passeggiata; io cercai e nominai tutte le cose belle del quartiere, fino a quando non tornai indietro con un giro dell'isolato.

«Come ti senti ora, fiorellino?»

«Meglio» dissi. Era vero. Stavo meglio. Ero calma e controllata. Cercare la bellezza, o forse semplicemente notare il mondo intorno a me invece del mio tumulto interiore, mi aveva portato la pace. Magari non ero la mia solita me stile coniglietto dell'Energizer, ma certamente mi sentivo con i piedi per terra.

«A che ora devi andare allo studio?»

«Non prima di sera. Oggi stanno girando, ma volevano che passassi per la riunione del cast delle sei.»

«Cosa puoi fare per sentirti bene questo pomeriggio?»

Temporeggiai alla ricerca della risposta. «Penso che andrò a fare la spesa. E magari pulirò camera mia.»

«Ti farebbe sentire meglio?»

«Sì.»

«Va bene. Mandami un messaggio quando hai finito con quelle cose.»

Un'ondata di calore mi riempì il petto.

«Sì. Pavel?»

«Sì, fiorellino?»

«Grazie.»

«Ja ljublju tebja.»

«Che cosa significa?»

«Ti amo.»

Attaccò prima che potessi rispondere. Tenni il telefono al petto, gli occhi mi si riempirono di lacrime. Non poteva essere sbagliato quello che avevamo insieme. Io sapevo che non era sbagliato.

~

Pavel

. . .

DOVE SEI, Pavel? Sei nella merda più totale con me.

Ignorai il messaggio di Ravil e suonai il campanello dell'appartamento al quarto piano di Kayla. Sarei dovuto andare a casa sua ben prima di oggi. Fatto che mi fece stringere i denti con disgusto mentre aspettavo la risposta.

Un altro indicatore del fatto che fossi mal predisposto ai fidanzamenti. Aprì Kimberly, poco impressionata dal mio arrivo. Non che mi aspettassi il contrario. Inclinò un fianco e mi esaminò, gettandosi i lunghi capelli scuri oltre la spalla.

«Bello, al momento non ha bisogno di questa distrazione.»

La superai per entrare nel salotto e guardarmi intorno in quello spazio disordinato ma accogliente.

«Sai che stasera deve andare agli studi, giusto? Per la nuova parte?»

La ignorai. «Kayla.» Non alzai la voce, non misi un punto interrogativo alla fine. Non era nel mio stile. Si aprì una porta.

«Pavel!» I due secondi che le ci vollero per correre attraverso la stanza e avvolgere quelle sue gambe sottili intorno alla mia vita risucchiarono tutto l'ossigeno dalla stanza. La strinsi forte, chiusi gli occhi e ne respirai il profumo primaverile di prato.

«Fiorellino» mormorai.

«Cosa ci fai qui?»

«Dovevo assicurarmi che tu stessi bene. Stai bene?» Sollevò il viso, ormai sepolto nel mio collo.

«Ora sì.»

«Grazie, cazzo.» La riportai in camera e chiusi la porta con un calcio. «Fammi vedere.» La sdraiai sul letto. Sembrava una dea, con i capelli arricciati in onde morbide e il trucco che le conferiva un aspetto fresco di rugiada. «Hai un bell'aspetto, fiorellino. Sei pronta per l'incontro di stasera?» Cercai di metterla in piedi, ma lei continuava ad aggrapparsi a me come un koala. Così dannatamente adorabile…

«Sì.»

«Quanto tempo hai prima di dover andare?»

«Abbastanza a lungo da permetterti di ricordarmi a chi appartengo.»

Risi. Una risata onesta e bonaria. Perché quelle parole erano musica per le mie orecchie. Ma oggi non avevo intenzione di dominarla. Ne aveva avuto abbastanza. Quel pomeriggio avrei fatto una cosa che non avevo mai fatto prima: l'amore.

Mi tolsi le scarpe e mi arrampicai su di lei, fondendo la mia bocca con la sua.

«Sai già a chi appartieni» sussurrai, avvolgendole leggermente la mano intorno alla gola e accarezzandole con il pollice la parte anteriore. «Vero?»

«Sì, padrone.»

«Non ho bisogno di ricordartelo.» Le lasciai una scia di baci lungo il lato del collo e attraverso la clavicola fino alla cavità alla base della gola. «Ho bisogno di ricompensarti.»

Emise un sospiro morbido mentre le facevo scivolare una mano sotto la camicia e il reggiseno per coprirle il seno. Le solleticai leggermente il capezzolo con il pollice. «Non ti ho ricompensata abbastanza, vero?»

Fece un piccolo verso.

Le tolsi la camicia dalla testa e le sganciai il reggiseno nella parte posteriore.

«O sì, fiorellino?»

«N-non lo so.»

«Che tipo di ricompense ti piacciono?»

Le sbottonai i jeans aderenti e glieli feci scivolare via dalle gambe, poi le afferrai i lati delle mutandine e posai un bacio sul monte di venere prima di iniziare a tirarle lentamente giù.

«Tu.» Spostò i polpastrelli per sfiorare i miei prima che fossi fuori dalla sua portata. «Solo tu, Pavel.»

Lanciai le mutandine sul pavimento insieme agli altri vestiti e le feci scivolare le mani dietro le ginocchia per sollevarle.

«Quindi la spa non è bastata.»

«Mi è piaciuta anche quella. Mi piace tutto quello che fai.»

«Non *tutto*» la sfidai mentre abbassavo la testa tra le sue gambe e la leccavo dentro.

Ansimò, strinse le gambe intorno alle mie spalle, alzò il bacino dal letto.

La tenni ferma giù e tracciai lentamente con la punta della lingua la parte interna delle sue labbra.

«Tutto» insistette.

Era una bugia, ma per il momento glielo avrei lasciato credere. Era la sua fantasia: perché disilluderla?

Trovai il clitoride e lo tracciai con la lingua, poi lo strofinai col dito mentre mi muovevo verso l'alto per succhiarle il capezzolo.

«Come vuoi venire, fiorellino?» chiesi mentre lasciavo un capezzolo per succhiare l'altro. «Con le dita? La lingua?» Di solito non le lasciavo quelle scelte, visto il nostro gioco, ma oggi volevo essere io a servirla. Il suo pianto del mattino aveva perforato la tela con cui avevo intessuto la nostra fantasia. La necessità di sistemare ciò che avevo fatto, di guarire ciò che si era strappato per me era più importante di qualsiasi altra cosa. Oggi volevo solo compiacere la mia bella schiava, farla stare bene.

«Con il cazzo, padrone.»

«Hai bisogno di me dentro di te?»

«Sì, ti prego.»

Ritardai il mio piacere, accarezzando e baciando ogni centimetro della sua pelle prima di liberare finalmente l'erezione dura come la roccia e darle ciò di cui aveva bisogno. Ciò di cui entrambi avevamo bisogno.

Quando finimmo, la inondai di altri baci, poi presi un panno umido per pulirla.

«Stai meglio, fiorellino?»

«Sì. Molto meglio.»

«Bene. E ora ti prepariamo per lo studio. Posso portartici io? Cosa posso fare per aiutarti?»

Scese dal letto e accettò i vestiti che le porsi, capo per capo, dal pavimento.

«Resti per la notte?»

Esitai, pensando al messaggio furioso di Ravil. Dovevo far quadrare le cose con lui, scoprire quali erano i termini perché mi lasciasse andare. Così sarei potuto stare con Kayla a tempo pieno.

Non avremmo più subito la violenza di farci a pezzi e ricucirci settimana dopo settimana. «Vedo se posso. Rimango sicuramente fino a dopo l'incontro. So che c'è un volo che parte tardi da qui.»

«Ok» disse dolcemente, tirandosi su i jeans firmati e la bella camicia.

«Ora, che ne pensi di mangiare qualcosa?» Inclinai la testa verso la porta. «Posso portarti fuori?»

Il suo sorriso avrebbe potuto illuminare uno stadio di notte.

«Sì. Dobbiamo far veloci, ma sarebbe perfetto. Poi puoi lasciarmi agli studi.»

Ravil poteva aspettare.

In quel momento, tutto ciò che contava era Kayla.

18

Kayla

Una giovane e bellissima assistente di studio con enormi occhiali dalla montatura nera e un'alta coda di cavallo mi accolse nella hall per accompagnarmi nei meandri del gigantesco edificio che doveva misurare almeno settecentocinquanta metri quadrati.

La regista di *Bad Boys* era Lottie James, una splendida afroamericana che irradiava calore e potere.

«È un grande onore incontrarla. Grazie mille dell'opportunità» esclamai. «Non trovo le parole per dirle quanto mi piaccia la serie. *Tantissimo.* Scusi, stasera avrei voluto provare a seppellire la fan che è in me.»

La signora James mi fece un ampio sorriso. «No, per favore.» Fece cenno con entrambe le mani. «Continua. Adoro anch'io la serie.»

«Beh, è perfetta. È intelligente, sexy, divertente. Il fatto che sia già un cult la dice lunga.»

«Stavo scherzando, ma grazie.» Lottie mi fece l'occhiolino. «Mi piaci già, Kayla. Ok, Jenny ti farà fare un tour e ti presenterà il cast. Sono tutti reduci da una lunga giornata di riprese, quindi non prenderla sul personale se non rimangono più di un minuto.»

Si allontanò, lasciandomi con Jenny.

«Grazie. Certo che no. Mi ripeto: sono entusiasta di averla conosciuta» le dissi mentre quella si allontanava. Jenny mi mostrò la sala, indicando i diversi set, i camerini e il trucco. Incontrai la troupe dei costumisti, quella tecnica e infine tutti gli attori. La signora James aveva ragione: nessuno aveva molto tempo per me, ma tutti erano stati socievoli e accoglienti.

Mezz'ora dopo ero di nuovo fuori, nel parcheggio, in attesa che Pavel mi venisse a prendere. Era stato tutto troppo facile. Troppo perfetto.

Avrei dovuto sapere che nulla in quel settore funzionava così. Avrei dovuto sapere che le attricette ben poco speciali come me non ricevevano parti come al musical del liceo.

«Non vedo l'ora di vederti sul set» disse Brad Lowell, l'attore che interpretava il cattivo protagonista mentre usciva con due altri attori.

«Grazie mille!» dissi.

«Quindi che ruolo interpreta?» gli chiese Ryanna Jones mentre si allontanavano.

«Non lo so. Immagino che le abbiano creato una parte. È la nipote di Blake Ensign o qualcosa del genere.»

La nipote di Blake Ensign.

Oddio.

Oddio, cazzo.

Non avevo avuto io la parte. Non erano stati la mia fantastica audizione né la mia disponibilità alla fine della registrazione né il mio talento a portarmi lì.

Erano stati i pugni di Pavel.

O la sua pistola.

Dio, non sapevo nemmeno cosa avesse fatto a procurarmi la parte. Le lacrime mi offuscavano gli occhi mentre uscivo velocemente, sui tacchi e nei miei jeans aderenti, dal parcheggio. Non sapevo dove stavo andando: tutto quello che sapevo era che dovevo andarmene. Non potevo farmi trovare lì all'arrivo di Pavel. Non avevo nessuna voglia di stare vicino a lui né allo studio, in quel momento.

Avrei voluto che il marciapiede si aprisse a inghiottirmi. Sentii, piuttosto che vedere, una macchina accostarmi accanto.

«Kayla.»

La voce profonda di Pavel aveva un tono allarmato. Quando continuai a camminare, le gomme stridettero.

Continuai a non guardare. In quel momento, proprio non ce la facevo.

Assolutamente no.

Lo sportello sbatté e poi Pavel mi afferrò alla vita. «Fermati. Kayla, cos'è successo?»

C'era un tono pericoloso nella sua voce, ma sapevo che al momento non era per me. Mi girai e cercai di spingerlo via.

«Tu sei successo!» gridai, poi mi guardai intorno, rendendomi conto che una scenata nel parcheggio non mi avrebbe fatto guadagnare più punti. Mi girai e cercai di nuovo di allontanarmi, ma Pavel mi bloccò ancora, tirandomi per la vita fino a quando la mia schiena non colpì il suo busto.

«Fermati.» La voce mi suonò morbida nell'orecchio. Quell'uomo non alzava mai la voce. Faceva parte del suo perfetto fascino da dominatore, ma in quel momento mi faceva infuriare.

«Lasciami andare.»

«Scusa.»

«Ah, quindi lo sai cos'hai fatto?»

Mi teneva stretta, ma era immobile.

«Cos'è successo?»

«Mi hai detto che non dovevamo mentirci l'un l'altra. Hai chiesto la mia onestà, ma non mi hai dato la tua.»

«Non ho mentito. Non ti ho mai mentito.»

«Mi hai fatto credere che ho avuto il lavoro grazie a una buona audizione. Non mi hai detto la verità perché sapevi che non mi sarebbe piaciuta, Pavel.»

«Kayla, si *è offerto* lui. Lo stavamo facendo penare e ci ha servito un lavoro per te. Come potevo rifiutarlo? Mi hai raccontato i tuoi sogni, *malyš*. Come potevo bloccare un'opportunità?»

«Lasciami andare.»

Il braccio di Pavel intorno a me si allentò lentamente, poi alla fine cedette, e io mi girai verso di lui.

«Era sbagliato, Pavel. Picchiarlo, o qualsiasi cosa tu abbia fatto, era sbagliata. Non è così che la gente normale fa affari.» Un bel colpo basso, visto che all'epoca praticamente avevo approvato, ma ora sembrava tutto diverso.

«Non voglio un lavoro avuto a causa di legami con la mafia russa. Volevo un lavoro avuto perché sono abbastanza brava.»

Pavel allargò le mani. «Tu sei abbastanza brava, fiorellino. Sei venti volte più che abbastanza brava.»

Lo schernii e scossi la testa. «E come fai tu a saperlo? Non mi hai mai nemmeno vista esibirmi.»

«Lo so e basta.»

Quanto ne sembrava sicuro…

«No. Non sai assolutamente nulla della mia carriera.»

E fu allora che mi tornarono in mente le parole di Ashley. La promessa che le avevo fatto. Quel rapporto stava interferendo con la mia carriera. Di brutto.

Aveva sicuramente offuscato tutta la mia vita.

Mi aveva rivoltata dentro e fuori. E la carriera era

troppo importante per me, troppo fragile per me per non essere completamente concentrata.

«Dico rosso su di noi.» Nel momento in cui pronunciai le parole, dentro di me morì tutto. Come se la colonna sonora della mia vita si fosse improvvisamente interrotta. «Non ce la faccio più.»

Pavel infilò le mani in tasca. Non parlava.

«Hai detto che mi avresti lasciata andare, quando ne avessi avuto abbastanza.»

La gola di Pavel si mosse su e giù.

«Certo.» La voce gli uscì stridula e rauca. «Lascia che ti porti a casa.»

Volevo rifiutarmi – prendere un carsharing– ma era buio, e sapevo che Pavel non mi avrebbe lasciata lì da sola.

Annuii, ignorando la lacrima che mi scendeva sulla guancia. Un bozzolo di dolore mi avvolse durante il viaggio verso casa. Nelle orecchie risuonava un rumore bianco, contro il petto spingeva un senso di pesantezza.

Nessuno parlò. Pavel si fermò davanti a casa mia e fece per uscire. «Lasciami andare.» Fui sorpresa di quanto suonai chiara e ferma.

Richiuse lo sportello.

Aprii il mio e smontai. «Addio, Pavel.»

Stava guardando dritto in avanti, entrambe le mani sul volante. Non rispose. Mentre chiudevo lo sportello, lo vidi muovere le labbra e sentii un mormorio morbido in russo.

Dopo avrei tanto voluto averlo sentito. Avergliene chiesto la traduzione. Ma a quel punto era troppo tardi. Se n'era andato da tempo. Mi aveva liberata come promesso, e non sarebbe più tornato.

19

Pavel

Ci vollero un paio di giorni ai miei coinquilini per notare che le luci dentro la mia testa erano spente. Continuavo a mangiare. A parlare, anche se non molto.

Non sarebbe stato difficile sostenere che ero morto dentro prima di incontrare Kayla. Ora non c'era dubbio. Non mi permettevo di pensare. Né di sentire. Né di fare qualsiasi cosa tranne la più meccanica delle azioni.

Dopo aver lasciato Kayla quella notte, avevo restituito l'auto a noleggio. Ero tornato a Chicago. Avevo trovato Ravil e gli avevo detto che sarei rimasto. E poi ero uscito sul tetto per lasciare che il morso freddo di una notte di aprile mi affondasse nelle ossa. Che congelasse tutti i miei organi esattamente al loro posto.

Fu solo quando Sasha mi chiese come stava andando la caccia al condominio che qualcosa si mosse anche nel mio petto.

Non che il mio cuore che si dimenava come un pesce sulla terraferma fosse cosa che valesse la pena celebrare.

«L'affare è sfumato» le dissi, senza distogliere lo

sguardo dalla televisione intorno alla quale eravamo tutti riuniti. Mise in pausa l'episodio del *Trono di spade*. «Aspetta... cosa?»

Dima guardò oltre la postazione di lavoro, fermando il suo solito e incessante digitare.

«Riaccendi.» Alzai il mento verso la televisione, come se davvero mi importasse di una regina dei draghi.

«Oh mio Dio, cos'è successo?» sussultò Sasha.

Ora mi guardavano tutti: Nikolaj, Oleg, Story, Maxim. A quanto pareva Ravil non aveva condiviso il mio fallimento con il resto della suite.

«Ha rotto con te? Ha saputo della parte, non è vero?»

Il dolore che non mi ero permesso di provare filtrò attraverso gli squarci aperti da Sasha.

«Riaccendi.» Maxim si sporse in avanti per appoggiare i gomiti sulle ginocchia.

«Mi dispiace, Pavel» disse Story sottovoce. Oleg girò il pugno sul petto indicando il segno per *mi dispiace*.

«Aspetta, Kayla ha messo fine alle cose? È per questo che lunedì sei tornato lì?»

Scossi la testa, scioccato dal dolore al petto, alle costole, all'intestino. «Mi sbagliavo su di lei. E comunque quella di traslocare lì era una cattiva idea. Meglio così.»

Sasha si alzò e sollevò le mani. «E non hai intenzione di combattere per lei? Ti arrendi così? Beh, dannazione, sono contenta di non essere entrata in affari con te se è così che affronti le sfide.»

«Sasha...» la avvertì Maxim.

«Pavel non si arrende» disse Dima tranquillamente dalla sua postazione. «È dannatamente testardo.»

«Non trattengo le donne contro la loro volontà, a differenza di voi *mudak*» scattai.

Maxim si raddrizzò, probabilmente offeso dal

momento che aveva tenuto la sua sposa prigioniera fino a quando non l'aveva domata. Così come Ravil.

«C'è una differenza piuttosto ampia tra tenere prigioniera una donna e cercare di risolvere le cose» ribatté Nikolaj.

Scossi la testa. «No. Non è stata una buona accoppiata fin dall'inizio. Meglio così.»

«Davvero, bello? Perché sembravate piuttosto presi, quando vi ho visti insieme» disse Dima.

Il dolore fresco mi strappò il petto, in modo così acuto che riuscii a malapena a respirare.

«Pavel, concedile un po' di tempo ma non arrenderti. È arrabbiata perché hai interferito, vero?»

Lasciai ricadere la testa tra le mani. «C'è più di questo, Sasha.»

Il suono della voce singhiozzante di Kayla al telefono mi risuonò nella testa, e improvvisamente mi sentii stanco fin nelle ossa. «Ecco perché non combatterò per lei.»

Mi alzai e mi diressi verso la porta dell'attico per andare nella mia stanza, dall'altra parte del corridoio. «E tu non interferire» la avvertii, voltandomi indietro e puntando il dito contro Sasha.

«Sei uno stronzo, Pavel» mi gridò lei mentre chiudevo la porta.

Su questo, nulla da ribattere.

Mi diressi alla mia stanza e mi spostai alla finestra che si affacciava sulla città. Ero sicuramente uno stronzo. Perché avessi pensato di saper affrontare una relazione quando non sapevo letteralmente nulla su come far felice una donna andava oltre la mia comprensione.

Tutto quello che sapevo fare era ferire le persone. Era praticamente ciò che facevo per vivere. Quello che avevo fatto con Kayla. Quello che avevamo non era stato sbagliato, ma nemmeno giusto.

Non sapevo amare. Come guarire le cicatrici che la vita mi aveva provocato. Avevo pensato che magari con Kayla ci sarei riuscito, ma era solo una fantasia.

Forse, se avessi imparato più velocemente. Se avessi parlato di più. Se solo le avessi detto prima che avevo intenzione di trasferirmi là con lei, forse avremmo avuto una base più solida per andare avanti quando avevo tradito la sua fiducia.

Forse non si sarebbe depressa così tanto quando me n'ero andato alla fine del weekend. Una sottomessa aveva bisogno di sentirsi al sicuro, ma non le avevo dato molto a cui aggrapparsi. Non c'era da meravigliarsi che alle sue coinquiline non piacesse la nostra relazione. Non c'era da meravigliarsi che avesse gettato la spugna al primo intoppo.

Una cosa ora la sapevo: tornare in Russia non avrebbe risolto nulla nemmeno per mia madre. Ero troppo distrutto per guarirla. Non aveva più bisogno della mia protezione fisica. Nessuno l'avrebbe inseguita, se non le sue ombre.

Aveva bisogno dell'aiuto di persone che sapevano amare. Che sapevano dare e condividere, ed essere felici. Presi il telefono e prenotai un biglietto. Sarei tornato in Russia per prenderla e portarla al Cremlino. Ecco una cosa che potevo fare e che avrebbe potuto rivelarsi giusta.

Kayla

Sabato l'ondata di rettitudine e determinazione che cavalcavo dalla rottura si dissolse, e rimasi sventrata e vuota. La consapevolezza che Pavel nel fine settimana, quello e qualsiasi finesettimana del futuro, dissolse l'ultima certezza che avevo di fare la cosa giusta.

Mi costrinsi a uscire di casa per paura di rimanere a

letto tutto il giorno, ma naturalmente durante la passeggiata tutto ciò a cui riuscii a pensare fu l'incredibile dolcezza di Pavel che mi persuadeva a uscire per cercare cose belle.

Ci provai da sola, per combattere le lacrime che si avvicinavano.

L'unico problema era che avrei voluto raccontargli tutto ciò che vedevo di bello.

Mi squillò il telefono e lo tirai fuori dalla tasca.

Non perché sperassi che fosse Pavel. Sapevo bene di non poterlo sperare. Aveva chiarito che mi avrebbe lasciata andare quando gliel'avessi chiesto.

Era Sasha. Aveva chiamato negli ultimi giorni, ma non le avevo risposto. Non avevo nemmeno ascoltato i messaggi, perché non volevo che mi facesse cambiare idea.

Ma ora?

La stavo già cambiando.

Risposi. «Ehi.» Sembravo vecchia. Stanca.

«Kayla, che diamine! Stai bene? Perché non mi hai richiamata?»

Avrei voluto chiederle di Pavel. Di un milione di cose. Ma non potevo. Così, invece, chiusi gli occhi a fessura per evitare di far uscire le lacrime.

«Stai bene?» La voce di Sasha era più tranquilla adesso. «Cos'è successo? Per favore, parlami. Sono preoccupatissima.»

«Tu lo sapevi?» chiesi, con le lacrime mi bloccavano la gola.

«Che vi siete lasciati? Sì.»

«No, della parte. Lo sapevi?»

«Oh. Beh, lo sospettavo, sì. Insomma, parliamo di Pavel. Fa pisciare addosso gli uomini e li fa piangere chiamando la mamma.»

«Ti ha detto cos'hanno fatto?» Alzai la voce. Chissà perché, ma in quel momento ero arrabbiata con Sasha.

«No, certo che no» disse immediatamente. «Non mi dicono nulla. Perché così sarei una complice.»

Il mostro che avevo dentro si calmò. «Come ho potuto essere così ingenua? Pensavo di aver avuto la parte da sola.»

«A chi importa di come hai avuto la parte, Kayla?» protestò Sasha. «Nel mondo dello spettacolo dipende sempre tutto dalle conoscenze. Lo sai. Ecco perché hai lavorato come promoter: nella speranza di incontrare le persone giuste. Bene: la persona giusta stavolta ti ha supportata. Non importa perché.»

«Importa invece. Pensavo di essere abbastanza brava per farcela, e ora...» — Soffocai un singhiozzo — «... ora, so di non esserlo.»

«Cazzate» disse Sasha, rendendo carina la parola col suo accento. «*Sei* abbastanza brava. Pavel ti ha dato la parte ora tu devi fare il resto. Dimostra a tutti quanto sei grande. Accaparrati la prossima parte da sola. *Non osare* mollare quella parte, o vengo laggiù a prenderti a calci in culo.

«Non avevo intenzione di mollarla» tirai su con il naso. «Avrei voluto essere abbastanza orgogliosa da chiamare, ma non ci sono riuscita.» Pensai all'altra chiamata che morivo dalla voglia di fare. «Penso di aver reagito in modo eccessivo con Pavel.»

«Sì. Cioè, di certo ci sono molte cose che non capisco della tua relazione, ma so che quel ragazzo era pronto a traslocare dalle tue parti per stare con te. Insomma, era innamorato di brutto, Kayla. Non vedo perché buttare via questa cosa così facilmente.»

Mi cedettero le ginocchia e crollai su una panchina del parco. «Era pronto a trasferirsi qui?»

«Sì! Stavamo per finanziare la sua impresa immobiliare lì. Stava lavorando a un progetto.»

La speranza mi scivolò sul petto e poi divampò come un fiammifero. Tutta la disperazione che mi aveva appesantita in settimana iniziò a alleggerirsi. Stava per trasferirsi lì. Voleva stare con me a tempo pieno. E io avevo messo fine alle cose. Oh Dio, avevo commesso un errore davvero terribile. L'enormità del quale mi piombò addosso da ogni parte.

«Devo andare, Sasha» Mi alzai, attraversata da un'improvvisa un'ondata di adrenalina. «Grazie per aver chiamato.» Riagganciai prima che potesse rispondere e composi il numero di Pavel mentre tornavo rapidamente all'appartamento.

Non rispose.

Dannazione.

Attaccai, poi cambiai idea e richiamai per lasciare un messaggio. «Pavel?» gracchiai nel telefono.

Avevo raggiunto la parte anteriore del condominio, e mi trovai di fronte alla fioriera che non avevo mai notato fino a quando lui non mi aveva fatto cercare cose belle. Funzionava così anche con le relazioni. Proprio come la vita. Qualunque cosa cerchi, è quella che finisci per vedere. Quando cerchi la bellezza, la trovi. Quando cerchi problemi, trovi anche quelli. Quello che Pavel e io avevamo era insolito. Speciale.

Toccai una foglia. «Scusa. Io, ehm, probabilmente ho reagito in modo eccessivo per la storia della parte. Possiamo parlare?» Riagganciai, col cuore che mi batteva forte.

Andai a casa, che per fortuna per una volta avevo tutta per me.

Vagai per il soggiorno per l'ora successiva, ma lui non rispose.

Ah.

Cosa dovevo fare ora? Inviai lo stesso messaggio per iscritto. Ancora nessuna risposta. Aspettai un'altra ora e provai a chiamare di nuovo, sapendo che mi stavo comportando come una disperata e fregandomene.

Diavolo, io ero disperata.

Avevo buttato via il mio rapporto con Pavel perché non era normale. Non si adattava a una bella scatolina da infiocchettare. Non era una relazione romantica. Le mie amiche non la capivano. Aveva sfidato la mia morale.

Niente di tutto ciò era cambiato. Continuavo a non saper come risolvere le cose. Ma quello che sapevo era che lo rivolevo. Volevo Pavel nella mia vita. Volevo ammorbidire i suoi spigoli e trarre forza dalla sua durezza. Lo volevo al mio fianco, a sostenermi, proteggermi, mandarmi in estasi con i suoi comandi morbidi e dominanti. Pavel non rispondeva, quindi provai a lasciargli un altro messaggio. «Pavel?» Non riuscivo a fermare le lacrime e nemmeno ci provavo. «Mi dispiace di aver messo fine alle cose. Per favore, possiamo parlare? Ero molto confusa. Quel giorno soffrivo di sub-drop, quindi le mie emozioni erano fuori controllo, e quella mattina Sheri mi aveva fatto promettere di non lasciare che la relazione interferisse con la mia carriera, quindi immagino di aver reagito in modo eccessivo. Puoi richiamarmi, per favore?»

Continuò a non richiamarmi.

Provai altre sette volte, e finalmente, a mezzanotte ora di Chicago, mandai un messaggio a Sasha per chiedere se Pavel fosse lì.

La sua risposta mi fece a pezzi: *Se n'è andato. In Russia.*

Sprofondai sul pavimento in singhiozzi.

L'avevo perso.

L'avevo avuto – doveva traslocare lì per stare con me – e avevo rovinato tutto.

Era così sicuro di essere una cattiva scelta per me che, nel momento in cui gli avevo confermato il suo sospetto, si era tirato indietro. Si era tirato indietro tantissimo, aveva lasciato il Paese. Lasciai ricadere la fronte sulle ginocchia e piansi per l'uomo che possedeva il mio cuore. Per l'uomo che amavo. Per l'uomo che avevo perduto.

20

Pavel

Quando rientrai negli Stati Uniti con mia madre, vidi tutti i messaggi di Kayla, ma non li ascoltai. Non potevo sopportarlo.

La conoscevo abbastanza bene da sospettare che si sarebbe rimessa in contatto, una volta svanita la rabbia. A una persona compiacente come lei non piaceva la discordia. Chiudere come avevamo fatto noi non poteva andarle bene. Doveva tornare indietro per concluderle bene.

E il mio piano era darle esattamente ciò di cui aveva bisogno. Liberarla emotivamente. Dirle che ci tenevo a lei. Augurarle ogni bene. Prometterle protezione e assistenza se mai ne avesse avuto bisogno in futuro.

Ma stavo rimandando la conversazione, perché il dolore per averla persa era come un acido che mi mangiava dall'interno. Non riuscivo a smettere di essere ossessionato da lei. Di ricordare ogni singolo momento trascorso insieme. Di rivedere tutti i momenti in cui avrei potuto trattarla meglio. Condividere di più. Renderla partecipe.

Voleva venire a Chicago. Avrei dovuto invitarla. Voleva conoscermi meglio; era gelosa della vicinanza di Sasha. Avrei dovuto assicurarmi che non patisse mai più la gelosia. Che custodisse tutti i miei segreti più sacri.

Ma soprattutto, mi dispiaceva di non averle detto cosa significasse per me. Che volevo tenerla con me in modo permanente. Continuavo a chiedermi se avrebbe fatto la differenza. Probabilmente no, ma me lo chiedevo lo stesso.

Sistemai mia madre in una stanza del Cremlino e la presentai a Svetlana, l'ostetrica, e a sua figlia Natasha, la massaggiatrice. Svetlana era molto rispettata nell'edificio, e aveva promesso di presentare mia madre a tutti e di assicurarsi che si stabilisse.

Sorprendentemente, non l'avevo mai vista così. Mai. Doveva proprio aver fatto suo il concetto del nuovo inizio, una volta che avevamo impacchettato la sua robaccia e lasciato l'appartamento.

Da allora sembrava piena di speranza.

Quando arrivai all'attico, ero stremato dal jetlag e dall'esaurimento.

Natasha uscì dalla stanza di Dima, arrossendo.

Sarei stato felice che quello stronzo si fosse finalmente legato a lei, ma ero troppo morto dentro per provare qualcosa.

Entrai in cucina per prendere d'assalto il frigorifero, e Sasha si lanciò giù dal divano e venne da me.

«Cosa diavolo c'è di sbagliato in te?» chiese. Mi seguì in cucina mi affrontò faccia a faccia. «Kayla *sta soffrendo* e non la richiami nemmeno.» Mi puntò un dito in faccia.

Le afferrai il polso. «Cosa intendi con soffrendo?» chiesi, mentre una sensazione di allarme metteva in allerta il mio cervello esausto.

Maxim entrò in cucina e si mise dietro Sasha. «Lascia andare mia moglie» ringhiò.

Lasciai Sasha prima di essere preso a pugni in faccia.

«Ashley mi ha chiamata per dirmi che non si alza dal letto. Non mangia. Piange tutto il tempo.» Sasha mi diede un colpo al petto. *«Ti avevo detto di non farle del male.»*

Gli allarmi nella mia testa si trasformarono in vere e proprie sirene.

Riuscivo solo fissare la mia furiosa coinquilina mentre i pensieri si connettevano e disconnettevano nella mia testa.

E poi uscii dalla porta e mi diressi all'aeroporto.

Kayla

DOPO CHE SHERI, Ashley e Kimberly mi avevano costretta ad alzarmi dal letto e a farmi la doccia, ero uscita per un giro solitario in auto.

La sera precedente, quando avevano cercato di farmi mangiare riempiendomi di gelato, ero crollata e avevo raccontato l'intera storia di Blake Ensign. Dell'intervento di Pavel. Della parte che avevo avuto. Che avevo rotto per poi scoprire che aveva in programma di trasferirsi lì per stare con me.

Se non fossi stata così depressa, mi sarei fatta una risata amara per l'ironia della situazione: si erano convertite al Team Pavel, dopo la storia.

Almeno eravamo tutte d'accordo sul fatto che avevo mandato tutto a puttane.

Non avevo in mente una destinazione in particolare, ma mi ritrovai al molo. Il posto in cui andavo a pensare. Il posto in cui andavo quando ero pronta a rinunciare.

A livello inconscio probabilmente voleva dire che non volevo rinunciare alla relazione con Pavel.

Eppure dovevo.

Trovai un parcheggio e mi avviai verso il fondo del molo. C'era una panchina libera e ci piombai sopra.

Ascoltai il suono delle onde e dei gabbiani. Il frastuono delle voci intorno a me. Il mio viso si bagnò di lacrime silenziose.

Distruggerti è sempre stata la mia peggiore paura, fiorellino.

Sentii la voce di Pavel nella testa e mi abbandonai a quel suono.

Che cosa stava dicendo?

La persona sulla panchina accanto a me si allungò per toccarmi la spalla, e io alzai la testa per dirgli che stavo bene.

«Pavel?» Mi asciugai le lacrime, sbattendo le palpebre rapidamente. «Sei qui?»

Mi prese la mano e se la tirò alle labbra. «Sono qui, bellezza.»

«Mi vuoi riprendere indietro?» Mi resi conto di quanto suonassi patetica e disperata. «M-mi dispiace... cosa ci fai qui?»

«Vieni qui.» Mi afferrò la vita e mi tirò a cavalcioni sulle sue ginocchia, i miei stinchi appoggiati sulla panchina, le braccia intrecciate intorno al suo collo.

«Ti ho detto che non ti avrei mentito, Kayla, ma l'ho fatto. Ho mentito quando ho detto che ti avrei lasciata andare.» Scosse la testa. «Tu sei mia, fiorellino. Nulla può cambiarlo.»

«Credevo...» La mancanza di cibo e sonno nell'ultima settimana mi stava facendo dare i numeri. Non riuscivo a capire cosa stesse succedendo. «Ti sei trasferito in Russia?»

«No, fiorellino. Ho fatto trasferire mia madre a Chicago. Mi dispiace: ho tenuto il telefono spento per tutto il tempo in cui sono stato via e ho ricevuto i tuoi messaggi solo oggi.»

«Hai fatto trasferire tua madre...» mi portai una mano sulla bocca e risi in modo isterico. «Pensavo che te ne fossi andato per sempre.»

«Avevo intenzione di stare lontano, bellezza, ma non ci riesco. Ero serio quando dicevo che per me sei tutto. Non ho motivo di esistere, se non per te.»

«Pavel...» Soffocai un singhiozzo e lo stritolai in un abbraccio.

Mi massaggiò la schiena e mi stampò un bacio sul collo.

«Ho sbagliato a dubitare di noi. Ti amo, Pavel. Mi fa paura quanto ho bisogno di te, ma rifiutare il tuo aiuto quando ne avevo più bisogno è stato come danneggiarmi per fare del male a te. La verità è che non mi interessa nemmeno più la carriera. Tu sei ciò che è importante per me.»

«No» disse bruscamente. «Non lo permetterò. La tua carriera viene prima di tutto. Ecco perché mi sto trasferendo qui: per sostenerti al meglio.»

Mi misi a piangere come una bambina.

«Ti voglio qui» concordai. «Davvero.»

«Ed è quello che avrai. Avrai tutto ciò che vuoi da me. Lo prometto.»

«Non voglio parole di sicurezza in questa relazione» gli dissi.

Inarcò un sopracciglio.

«Nessuna via d'uscita. Nessuna fuga. Nessuno di noi può dire *rosso*.»

Allungò lentamente le labbra in un sorriso. «Non ti lascerò andare di nuovo, fiorellino. Tu appartieni a me e io non ti libererò mai. Nemmeno da morto.»

Lo baciai. «Promesso?»

Il suo sguardo fu come una calda carezza sul mio viso.

«Promesso» mormorò.

EPILOGO

Pavel

Concludemmo l'affare del condominio in una bella giornata di giugno. Sasha e Kayla sembravano entrambe star del cinema nei loro pantaloncini corti, tacchi alti e occhiali da sole mentre scattavano un selfie di fronte alla facciata per il profilo Instagram di Sasha. Mi fermai a guardare, credendo a malapena ai miei occhi. Alla facilità della cosa.

Ecco com'era la vita con Kayla: facile. Mi faceva sentire un dio con la sua resa totale, la sua fede in me, i sorrisi luminosi e felici ogni volta che le stavo vicino.

Maxim stava accanto a me, lo sguardo tenero fisso su Sasha.

«Grazie, fratello. Non riesco ancora a credere che tu abbia fatto questo per me.»

«È un investimento proficuo» affermò Maxim. «E tu sei della famiglia.»

Famiglia.

Nella bratva, dovevamo rompere tutti i legami con le

nostre ex famiglie e giurare fedeltà solo alla fratellanza. Quello era uno dei motivi per cui ero stato cacciato per aver ucciso mio padre. Non dovevo più prendermi cura di mia madre. Finché Kayla non aveva aperto il mio cuore incupito, non mi ero permesso di riconoscere né ricevere veramente i benefici della fratellanza. Di uomini che avrebbero fatto qualsiasi cosa per me – non solo uccidere e morire, ma modellarmi, plasmarmi e lanciarmi di nuovo nel mondo con l'opportunità di fare qualcosa di più di me stesso.

Ero onorato dal supporto che mi avevano dato tutti. I termini imposti da Ravil erano facili. Io appartenevo ancora a lui. Quando avesse avuto bisogno di qualcosa, avrei eseguito. Per il momento non aveva avanzato richieste, ma nel caso non mi sarei opposto. Non avrei esitato a servire il *pachan* che meritava tutto il mio rispetto e onore.

«Andiamo ad aprire la bottiglia di Dom Pérignon» disse Sasha, tenendo la bottiglia stretta nel pugno e agitando due bicchieri con l'altra mano. Maxim reggeva i due che gli erano stati affidati.

«Ti seguo» disse.

«Aspettate, aspettate!» gridai correndo in avanti. Le donne mi fissarono come se avessi avuto due teste. Raggiunsi Kayla e la sollevai tenendola tra le braccia.

«Non è così che si fa?» chiesi, portandola attraverso la porta.

Ridacchiò e mi baciò il collo. «Grazie, padrone» mi fece le fusa all'orecchio.

Cercai di inibire l'erezione che quel sospiro onorifico mi aveva causato.

Prendemmo l'ascensore per il tetto, perché tutte le unità abitative erano attualmente affittate, condizione con cui non volevamo fare casino per il momento. Il mese successivo Kayla e io avremmo potuto trasferirci nella suite attico e iniziare a ristrutturarla, ma per ora il denaro generato dall'affitto sarebbe finito nella ristrutturazione dell'edificio.

Maxim e Sasha possedevano l'edificio totalmente e non mi avevano chiesto di pagare un centesimo per la spesa. Io avrei gestito la proprietà e le migliorie e avrei diviso i profitti con loro. Se o quando avessero scelto di venderlo, avrebbero diviso i guadagni con me.

Io e Maxim avevamo concluso con una stretta di mano da gentiluomini, perché eravamo fratelli bratva. I fratelli non risolvevano le cose nei tribunali. Se qualcosa andava storto, il torto veniva risolto con il sangue. Per me, ciò significava che nulla sarebbe andato storto. Avevamo basato la trattativa sull'onore, ed entrambi avremmo onorato i nostri impegni.

Non posai Kayla finché non fummo sul tetto. «Benvenuta nella nostra nuova casa» dissi.

Alzò le labbra per un bacio. «Sei stato tu a farlo» mormorò. «Tu rendi possibili cose impossibili.»

Mi si strinse il petto e gli occhi mi bruciarono per un momento. Sapevo che stava parlando anche della parte, per la quale mi aveva perdonato. Aveva girato la serie e aveva trovato il suo posto in un mondo nuovo ed eccitante.

«Tu» è tutto ciò che potevo dire. Riuscivo a malapena a digerire la sua bellezza, con quegli occhi che brillavano guardandomi, con il sole della California che brillava nella piscina dietro di lei.

Maxim fece saltare il tappo dallo champagne, risvegliandoci dal nostro momento intimo. Versò quattro bicchieri e li porse a tutti.

«A Pavel e Kayla» disse Sasha. «Falla felice o sei morto.»

Feci tintinnare i bicchieri con Kayla, bevendo nel dono del suo sguardo adorante. «Lei è la mia ragione di vita» mormorai.

Le labbra di Kayla si separarono ed emise un respiro tremolante. «Lui è la mia felicità» mormorò, e nessuno dei due distolse lo sguardo dall'altro.

«Ah» disse Sasha, e sentii il suono del suo bacio Maxim. Girai il braccio intorno a Kayla e la tirai a me.

«A Maxim e Sasha. Grazie per aver creduto in me abbastanza da rendere possibile questa nuova avventura.»

«Sì, a Maxim e Sasha» ripeté calorosamente Kayla. Tutti e quattro facemmo tintinnare i bicchieri e poi ce li scolammo.

«Abbraccio di gruppo» gridò Sasha.

Alzai gli occhi al cielo, perché ero l'ultimo che mai si sarebbe mai unito a un abbraccio di gruppo, ma Kayla mi spinse in avanti e unimmo le braccia in cerchio; le signore risero e ci strinsero.

«Vi voglio bene» disse Sasha mentre ci separavamo. Non riuscii a rispondere, perché mi si chiuse la gola, ma Kayla mi strinse la vita.

«Anche noi ti vogliamo bene. Grazie mille per tutto.» Andammo al bordo del tetto in gruppo per guardar il sole scendere nel cielo fino a quando la palla gigante dipinse il cielo di rosso, rosa e arancione. Mi premetti contro alla schiena di Kayla e inalai il suo profumo primaverile di prato, onorato da quanta bellezza ci fosse nella mia vita.

Grazie per aver letto *Il soldato*. Se ti è piaciuto, valuta la possibilità di lasciare una recensione: può fare la differenza per gli autori indipendenti. Per uno speciale epilogo bonus con la première della serie televisiva di Kayla, assicurati di iscriverti alla mailing list di Renee. Resta in contatto per scoprire la storia successiva su Dima: ho in serbo sorpresine di ogni sorta per lui e il suo gemello.

CLICCA qui per l'epilogo bonus.

L'Hacker

**HA TRADITO LA MIA FAMIGLIA, GLIELA FARÒ
PAGARE.**

La dolce rossa nel nostro palazzo non è così innocente come pensavamo.

Ha portato un federale nel nostro giro. Ha fatto in modo che sparassero a mio fratello gemello.

Adesso pagherà lei. Le sto affidando il compito di curarlo e riportarlo in salute.

Se lui muore, lei muore. O comunque è quello che le ho detto.

Ovviamente non le farei davvero del male.

La nostra bella vicina mi è già entrata sotto la pelle.

Ma questo non mi impedirà di punirla

e di toccarla in tutti i modi in cui ho giurato di non fare.

Ha distrutto la mia pace. È diventata una distrazione che non posso permettermi.

Voglio tenerla sotto il mio controllo...

Ho *bisogno* di tenerla fuori dal mio cuore.

Chicago Bratva

Preludio

Il direttore

Il risolutore

Posseduta

Il sicario

Il soldato

L'Hacker

L'allibratore

Vegas Underground

King of Diamonds

Mafia Daddy

Jack of Spades

Ace of Hearts

Joker's Wild

His Queen of Clubs

Dead Man's Hand

Wild Card

Wolf Ridge High

Alfa Bullo

Alfa Cavaliere

Alfa ribelli

Tentazione Alfa

Pericolo Alfa

Un premio per l'Alfa

Una Sfida per l'alfa

Obsession Alfa

Desiderio Alfa

Guerra Alfa

Missione Alfa

Tormento Alfa

Wolf Ranch

Brutale

Selvaggio

Animalesco

Disumano

Feroce

Spietato

Due Segni

Indomita (gratuito)

Tentazione

Deseada

Padroni di Zandia

La sua Schiava Umana

La Sua Prigioniera Umana

L'addestramento della sua umana

La sua ribelle umana

La sua incubatrice umana

Il suo Compagno e Padrone

Cucciolo Zandiano

La sua Proprietà Umana

La loro compagna zandiana (gratuito)

L'autrice oggi bestseller negli Stati Uniti Renee Rose ama gli eroi alfa dominanti dal linguaggio sboccato! Ha venduto oltre un milione di copie dei suoi romanzi bollenti, con variabili livelli di erotismo. I suoi libri sono comparsi su *USA Today's Happily Ever After* e *Popsugar*. Nominata *Migliore autrice erotica da Eroticon USA* nel 2013, ha vinto come autrice antologica e di fantascienza preferita dello *Spunky and Sassy*, come miglior romanzo storico sul *The Romance Reviews* e migliore coppia e autrice di fantascienza, paranormale, storica, erotica ed ageplay dello *Spanking Romance Reviews*. È entrata dieci volte nella lista di *USA Today* con varie antologie.

Iscrivetevi alla newsletter di Renee per ricevere scene bonus gratuite e notifiche riguardo a nuove pubblicazioni!
https://www.subscribepage.com/reneeroseit

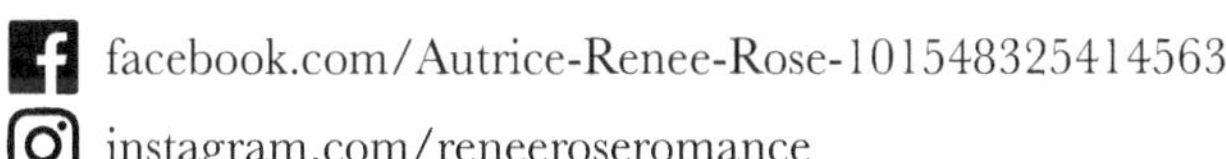

facebook.com/Autrice-Renee-Rose-101548325414563

instagram.com/reneeroseromance

www.ingramcontent.com/pod-product-compliance
Lightning Source LLC
Chambersburg PA
CBHW070643100726
47907CB00007B/2081